이 작품은 픽션이다.

모든 인물과 사건은 작가의 창작이며 현실에서 동일한 인물이나

사건이 있다면 우연의 일치다.

목차

——— 1990 ———

——— 2000 ———

—————————————————————————— 2016

■ 이 책의 번역 저본은 브루스 보스턴의 『Brief Encounters With My Third Eye: Selected Short Poems 1975-2016』(Crystal Lake Publishing, 2016)입니다.

■ 이 책에서 사용된 글꼴은 가라몬드, 본명조체, 양재난초체, 제주명조체, 타이포 쌍문동 B, 함초롬바탕, KoPub바탕체, KoPub돋움체, KBIZ한마음명조체, SpoqaHanSans입니다.

■ 각주들 중 (원)으로 표기된 것은 원작자가, 그 외의 모든 각주는 옮긴이가 작성하였습니다.

1975

1980

1990

2000

2016

올빼미 같은 예술가

내가

올빼미에게 친밀감을 느끼는 이유

모든 것을 보기 때문일까,

혹은

내 깃털이 무척 부드러워서일까?

연금술사는 계절의 급격한 변화 속에서 탄생한다

매해 겨울 아침,

낡고 빼곡한,

대장간

화로 견습생으로서,

그는 자신의 업을 짊어지고,

금속들을 식히는 데 영혼을 담았다.

고요 속 하루의 시작을 울리는

구슬픈 망치의 요란한 울림,

헛간의 인적 없는 길,

오크와 플라타너스 나무들 높은 곳으로

굴뚝새들을 올려 보내는,

백악질 태양을 향한 큰 소리.

그 타격은 그의 이빨을 흔들고,

그의 발목에 불꽃을 떨어뜨리며

그의 팔이 다시 들리자마자

그의 머리카락을 태운다.

내리치는 원호마다

대기를 깨뜨리며 진동했다.

어느 날 그는 자신의 용광로처럼 밝게,
북쪽으로 미끄러지는 태양을 보았다.
눈이 박공과,
아침 길가를 따라 흘러내리며,
이파리들 사이에 연
부드러운 황금의 도가니.

위층으로 올라간
그는 놀라, 말문이 막혔다.
낡은 지푸라기처럼 창백한,
그곳 어둠 속,
그가 이름을 댈 수 없는 새의
맥동하는 울음소리.

야간 비행

장화가 젖으면, 너는 탑으로 돌아온다.

너는 스카프에서 머리를 꺼내 흔든다.

지붕 밑으로 가까이 오라.

모든 시계들이 녹고 있다.

나는 날개를 찾으려 네 등을 뒤지리라.

저녁 기도에서의 짐승

-장 콕또풍으로

황혼녘 데이지 꽃들은 푸르게 변한다.

달은 아담의 갈비뼈,

그리고 그날 밤,

그 주변에서 자라난 여인.

정원 오솔길 핏자국으로 그어진

새의 사체.

빛나는 말들

빛이 대기에 투항하는

황혼녘 서쪽으로 달려가는 폭풍처럼,

들썩이는 바다는 수달 가죽처럼

검게 날렵하게 변하고,

태양 속 붉게 자리잡은

빛나는 거대한 핏빛 말.

달리Salvador Dali는 드물고 매력적인 순간들

부풀어 오른 적운積雲을 그렸으니,

반지를 낀ringed 그의 손 아래에서 빛나는

테이블 위 운모雲母 조각들,

싱글 압생트를 든 웨이터,

태양은 항상 어두운 물 아래로 내려간다.

예언자와 선원 들은

이 피비리고 구름 낀 말에 올라타리라.

그들은 대기의 등자鐙子에 발을 두고,

긴 머리를 늘어뜨린

밤에 맞서 달리려

하늘의 느슨한 고삐들을 죈다,

탐욕스러운 말발굽들의 경야經夜
하늘은 어둡고 매끈하게 누워 있고,
단지 돌 조각들에 불과한 살찐 별들.
다른 손이 잠에게 위협받는ringed 동안
웨이터는 자극적인 압생트, 바다색 페르노*를
올린 쟁반을 가져온다.

---

* 아니스anise 향미를 내는 프랑스 리큐어.

빅토리아 시대 사람의 영혼

지하저장고에서 울부짖는 소리를 들었을 때,
너무 늦었어, 너는 증서에 사인했지.
너는 벌거벗고, 낡은 레이스를 걸친, 태초처럼
맹목적이고 고집스러운 그녀를 찾아냈지.

네가 들창을 통해 그녀를 옮기니
바람이 처마를 뚫기 시작했고,
높고 좁은 방에는
눅눅한 나무 썩은 내가 채워진다.

그녀는 뜰의 무덤에 관해 말하네
고양이 한 마리, 개 세 마리, 태아 한 명.
그녀는 빈 마차,
홀 페이퍼hall paper에 묻은 녹슨 얼룩에 관해 말하네.

그리고 너는 들으며
고요한 밤을 맛보고
벌레의 볼품없는 짝짓기를 움켜쥐네
손가락 사이의 시간을 느끼며.

어두운 등잔불 아래,

그녀는 너에게서 도망치네,

부서진 걸쇠가 걸린 궤,

잊혀진 기억의 사진들 속으로.

1975

1980

1990

2000

2016

현자의 돌을 발견한 연금술사

단검의 날처럼 예리하게
내 의식을 괴롭히는
그 순간,

법칙이 허락하는 한 빠르게,
뼈의 탄성보다도
더 조용하게,

나는 연속체continuum를 가로질러
불타오르는 감각에 휩싸여
나 자신 옆에 섰고

몸은 돌로 변했다.
유리에 걸린 즉제卽製된 모래알
하나를 파열시키려,

가지들에 걸린
숲의 숨결,
한 조각 자연

그리고 상대적 세계가

빛이 매달린

블록block 위에 펼쳐졌으니

사고가 뒤집혀

바뀌는 순간까지는

꿈의 가장자리 위,

계속 팽팽한 삶이어라.

숲은 흔들리고

시간은 다시 시작되고

그 무한한 째깍거림,

그 모든 총합의

지속적 해체.

무한한 불의 변화로 연인을 얻는 연금술사

상업과 유행과는 멀리 떨어진

비밀스러운 황무지에서

아티펙스artifex*와 조수soror mystica**

유리병을 흐르는

희귀한 증류액을 본다.

남성적 영혼과 여성적 영혼

그들은 낮의 평범한 금*aurum vulgi*,

현자의 돌만을 보는 게 아니라,

밤의 숨겨진 동전도 보네,

천상의 알로부터 갈라진

확연한 금빛으로 빛나는

현자의 금*aurum philosophicum*,

그들 연구 깊이

유황과 수은의 조화,

그들 숨소리 속

---

* 광석과 철에 관한 기술을 가진 정제자의 연금술적 이름.

** 연금술사의 조수로서 여성적 원리를 반영하며 전이를 위한 수단이자 분열을 위한 열쇠 역할.

잠든 신의 각성으로

병든 금속은 치유되었고,

광채 나는 돌이 드러났다.

도시와 국가에서 멀리 떨어진

새소리 지저귀는 야성의 숲속,

연금술사와 연인은

뜨거워지는 자신들의 온기를 느끼려

변성 의식으로

몸과 마음을 합친다.

스스로 헤르메티카*Vas Hermetica*에 의한

석회화에서 승화로,

화려하고도 정밀한 비행으로

수은은 새로워졌다.

쇠살대 위를 튀어 오르는, 불은,

결코 같은 춤을 두 번 추지 않는다.

---

* 전설적인 연금술사 헤르메스 트리스메기스투스Hermes Trismegistus의 문서들을 통칭하는 이름. 기독교 시대 알렉산드리아에서 쓰여진 것으로 추정되며 인간을 신의 모습으로 창조된 소우주로 여기는 관점이 나온다.

얼음 전쟁 이전의 단어

너는 리바Riva의 높은 탑에서
북쪽을 향한 죽음의 하얀 벽들을
이미 볼 수 있다.
그것들은 겨울 빛을 잡아
마치 저 얼음처럼 차가운 비탈 위
불길이 타오르듯,
이상하도록 밝은 색
하늘로 되돌려 보낸다.

폭풍들은 더 격해지고,
매일 우리 땅은 줄어든다.
모든 마을들은 이제
얼음 덩어리에 묻혀 사라졌다.
온갖 이방인 종족들은
수도 거리를 가득 메웠다.
궁전 벽에는 상처가 졌고
왕은 홀로 기다리니,
모피에 싸인 채,
영혼의 냉기를 태우기 위한

얼얼한 브랜디 외의 위안 없이.

우리의 남쪽 이웃들은

통행 금지, 거래 금지로

국경을 폐쇄했다.

포도주 부대들은 말라간다.

나는 아래 뜰에서 나는

자신이 선택하지 않은

전쟁을 준비하는

사람들의 칼부림 소리를 듣는다 .

어떤 이들은 말한다

우리가 조상의 신들을 떠나지 말아야 했다고,

오래된 제단을 위한 신선한 피,

희생양을 던져 주어

고대의 분노를 달래야 했다고.

어떤 이들은 북부의 마법사,

우리에게 눈의 저주를 퍼부은

악의에 찬 극지방의 마법사 때문이라고 말한다.

다른 이들은 어깨를 으쓱하며 운명을 직시한다.

어떤 추측을 하든

거대한 차가운 절벽은

계속 내려온다.

북쪽 하늘은

빛과 얼음 빛의 맹위.

누군가는 듣게 될 테지

그 멈추지 않는 성장을

파도처럼 우리를 갈아 으깨는

얼어붙은 바다의 갈라진 틈을.

우로보로스

꿈틀거리는 긴 몸통,

어두운 물 흘러내리는,

나는 바다로부터 솟아오르니,

밤이면 살아나는

기하학적 구조로

구부려진 내 비늘 피부.

내 혀 끝에는

독 반짝이고,

내 가죽에는 얼룩덜룩한 별들,

나는 달을 거슬러 날아가니

내 꼬리, 해독제,

뒤에서 매끄럽게 따라온다.

나는 죽음을 탈피하고,

죽은 몸을 안치하고,

뼈 과수원에서 수확하며,

다시 한 번 거두기 위해

상아색 막대기들에

빠르게 썩는 살을 입힌다.

미끄러운 포옹의

부단한 속박으로

나는 탐욕스러운 애인처럼

대지를 에워싼다.

나는 제국을 먹어 치우고

역사를 토해 낸다.

나는 죽은 영혼을 먹어

먹이를 원하는 자궁들을 먹인다.

내 똬리의 굴곡으로

울부짖는 얼굴들을

잡아 늘이고 조인다.

끝없이, 나는 삼킨다.

낚여진 고대

아침이 그저
큰골풀의 안개처럼 두껍게
물을 감싼
젖은 연무 속
쇠퇴에 불과할 때
어부는 낚싯줄을 드리운다.

그림자들이 흐르는
바다 위의 스텝 지대 위,
그림자들조차
한 번 빠지면
그림자들보다 더 얇아지며,
버려진 도시들은
붉은 점토로 구워졌다.

수세기를 달린 도시들은
눈에 띄게 몸을 흔든다.
낚시꾼의 낚시감은
날렵하고도 괴물 같이,

눈을 부릅뜬 채,

올두바이Olduvai*의 부서진 해골들보다

더 인간 본연의 모습답게

그의 발치에 몸부림치며 놓여 있다.

웅크린 채 그림자 하나 없는

그의 안개 은행,

낚시꾼은 낚싯줄을 손보고,

온기와 염분으로 그려진

핏줄이 핥는 손가락 마디

주름으로,

멍든 손을 치료한다,

이 땅 끝,

얕은 바다 위에서.

---

* 탄자니아에 있는 세계에서 가장 오래된 구석기 문화 유적.

시간과 성좌의 기슭에서

몇 번이고
나는 그 순간을 알고 있었으니
새벽을 향한 어둠의
거대한 변화 속에서
산란하는 걸

그리고 다시 무너지는 걸.
나는 파괴자가 되어
하늘을 향해 돌진하는
빛을 보았다.
그것이 사구砂丘를 따라

길쭉하고 투명하게,
기름칠한 피부처럼 매끄럽게,
구부러지는 걸 보았다.
잎을 거스르는
불꽃 같은 꽃잎처럼

그리고 녹색으로 뒤덮여

층층이 쌓여진,

바위로부터 나와 살아가는

다육종의

수직 초원 지대,

내 주위에 솟아오른

바다 절벽들처럼,

시간은 얼마나 세밀하게 진동하는지,

중력의 부름에 의한

탈선과 굴절 안에서

빛은 어찌나

학살하려 질주하는지,

별의 줄무늬 새겨진 파도는

밤과 우주 너머

그 모든 걸 어떻게 머금는지.

거주자들

무장한 성인들saints은
자신들의 날saints' day을 정하여
무장한 성채에서 나와
진군하며
우리를 가로질러 이동한다.

좁은 길을 따라,
비뚤어진 언덕 아래로,
텅 빈 대로와
어두운 가게들을 지나는,
그들의 행렬 천둥처럼 울리니

강철 다리 철컥거리고,
완전하고 난공불락인
하나하나가 거대한 바다 판으로 된,
빛의 갑옷,
저 깊은 곳에서 쏜살같이 노니는 물고기.

산책로에 갇힌

몇몇 고립된 시민들,

기둥 뒤 바짝 붙어,

인파가 느릿느릿 지나는 동안

눈을 가늘게 뜨고 지켜본다.

그리고 우리는 창문으로 지켜본다

도시를 뒤흔드는 육중한 은총인

그들의 발걸음,

우리가 만든

지금 우리를 가로지르는 신들을.

FTLFaster Than Light 중독 치료

시스템의 붕괴를 넘어,

텅 빈 언덕 위에서,

내 마음은

새로이 이름 붙인 색들로 반짝거리던

하늘을 향해 말했던 걸 상기한다.

내 마음은

피와 뼈와

하나로 엉겨붙었다 여겨지는,

날것 같은 패턴의 맛을 떠올린다.

어슴푸레한 해상도解像度로

오두막 벽 반짝이다 사라지고,

나는 민머리 별에 얼룩진,

흔들리는 세계의 기둥에

자유로이 못 박혀졌다.

촉박한 시간 위

존재와 무無.

더 빠르고 달콤한 강철이여 오라,

네 빛의 힘을 다오,

너의 격자로 된 수정 같은 꽃,

너의 처형 속도의 추상적인 세부 사항들을.

혜성의 머리카락에 얽힌 우주인을 위하여

만약 네가 조율되지 않은 귀로는 잡음으로 들리는
별의 복스 후마나*vox humana** 소리를 들었다면,

만약 네가 어느 외계 바다 거친 먹물 속에서,
분열되고 퇴화하여,

불타는 신의 눈꺼풀에
키스하고 달의 반사를 붙잡았다면,

별이 얼마나 날렵하면서 두터운지,
얼마나 위험해질 수 있는지 알 수 있겠지.

온 세상이 경계 없이 무너지는 동안
너와 나는 우리가 이름을 잊은 행성

항구 도시의 카페에 앉아 있네.
공허는 우리 앞뒤로 자리하고,

---

* 사람의 목소리와 비슷한 음을 내는 오르간 음전音栓.

스파이스드 에일spiced ale은 시원하고 환각적이야.

촛불은 이미 우리 접시에 반짝이고.

광전사Berserker, 거대한 LA의 소멸에 관한 탄원서를 넣다
: 정신이상을 이유로 무죄

저는 그저 다른 보통 사람들처럼

마약에 중독되어 살아가고,

스트래토제트strato-jets*를 열망하고,

일주일 동안 윗몸 일으키기를 하고,

할 수 있는 한

무거운 홀로스**를 붙들고,

영감 어린 찰칵 소리를 기다리는,

또 다른 미치광이일 뿐입니다.

저는 그저 긴 정장을 입고 낮은 모자를 쓰고,

긴장감으로 인해 화가 나서,

치명적인 다이얼을 만지작거리고,

카페 체인점에 자리를 잡고,

16달러짜리 레이저와

100만 톤짜리 핵가방으로 할 수 있는

잠재된 재난을 상상하는,

또 다른 하이테크 미치광이에 불과합니다.

---

* 냉전 시절 보잉에서 제작한 중거리 전략폭격기.

** 짧은 홀로그래픽 이미지.(원)

저는 그저 저지선에서 저지선으로

끝없는 줄타기로 뛰어오르고,

탄소로 된 햇빛을 곁눈질하며,

사람들로 붐비는 거리에서

붉은 폐허의 번뜩이는 순간

무작위적인 학살을 상상하는,

모든 걸 한 번에 끝내려는

또 다른 연쇄 미치광이에 불과합니다.

죽음의 벽화들의 진화

파괴된 도시들의 벽과 도로에는

번뜩이는 그림자들 남아 있으니

팔을 뻗고 머리를

뒤로 젖히고, 빈 블록에 줄을 서거나

거리의 쇠퇴 위에 누운

세밀하고 정확한 실루엣,

폭발 각도 때문에 길어졌으나,

인간임을 알 수 있을 정도로 여전히 선명하다.

그 광경은 「죽음의 벽화」

그것들을 피하고,

중얼거리며 눈을 돌리는 늙은 생존자들,

그 시대 아이였던 그들

이제는, 은유법으로 쓰이는

이 말을 전한다: 그들은 살덩이였고

직물 혼용품 조각들로 된,

색칠된 것들을 입었으며,

여기 저기에서 눈에 띄는 몇 가지는,

바로 전시물에 드러난 즉각적 공포로다.

그들은 진흙에서 익명성을 가져왔고,
얼굴들에는 전멸로 향하는 길이
묘사되었다.

옛 세계의 지식이 없는 아이들에게
조각난 도시는
마음대로 돌아다닐 수 있는 미로일 뿐
유물들을 이해할 수 없으니,
배열된 침묵하는 형상들은
지금 아이들이 열중하는 놀이
갈라진 금속 가시로 찌르는
목표물에 지나지 않는다.

론드레이Londrai의 기술

땅에서 난 영혼들이나 날아가는 별의 영혼들,

불의 거죽을 쓴 똑같은 악마들,

성운 날개가 달린 똑같은 천사들,

우리 가슴 속을 하나하나 활보하고,

그들이 관악기로 연주하듯

우리의 숨결을 지나치며 만들어진

우리의 모든 노래에 맞춘 춤

속세의 시대를 거치며 희미해졌으나,

론드레이의 도서관에 보관된

결정화된 왜성矮星들의

표면에 충실히 구조되었다.

궁극의 합금 속 벌집 모양,

완고한 존재의 구조 속

일련의 일시적 반격,

우리 우주를 드넓게 지배하는

이 범상치 않은 특이점에 반해,

우리는 변한 게 없음을 발견한다.

여전히 우리는 회랑回廊과 쿠데타를 통해

유희하며 길을 배우고,

숲과 찌를 듯한 대도시를 지나

사고만으로 추진되는

금과 반짝이는 호일로 만든 공예품으로

죽어 가는 바다를 계속 항해하니,

그래, 우리는 노래를 멈추지 않고

어둠과 빛처럼 춤추며,

전생에 걸쳐 변화하는 쌍극자로서,

보통의 멸종으로 나아간다.

우주 속 우리의 감옥을 감싼

거대한 별의 굴을 통해,

우리는 마침내 매듭이 풀리고

초秒의 분노를 멈추지 못하리란 걸 안다.

벽들이 파괴되고 무너져

거대한 파도처럼 새까만 턱으로

행성과 별 들을 삼키는

모비스트maw-beast가 나타나리란 걸 안다,

숨결은 단지 불의 감옥일 뿐인

찬란함과 공포의 밑바닥

확률의 지평선 너머로,

그리고 론드레이의 결정체는

시공이 찢어진 끝에서 붕괴하고,

우리는 우리 무덤 초창기 별의 원료에서

우리가 추는 커플 댄스를 보았다.

은밀한 조합으로 된 아가씨의 모든 것

한때 왕국의 머리글자들은
달콤씁쓸한 희롱으로 조각되었으니,
여왕은 정중한 설득의 계속적 전복,
집단 히스테리의 우발적 원자가價로 된,
백합 문장fleur-de-lis*만 먹는다.

종종 우리는 밤의 생옥수수 비단에 든
그녀의 레밍떼가 내는 소리를 들었지
── 논쟁을 즐기는 개틀링 기관총, 무한한
고래뼈, 저속한 무릎들 ──
자신이 치르는 통속극 내용의
벌거벗겨진 속도로 수선하는 게 불가능한,
은밀한 조합으로 된 아가씨의 모든 것.

그리고 우리는 알고 있으니,
잠든 걸로 위장되고 채찍질된 우리는,
마치 드러난 그녀의 왕권를 지킨다고
자부하는, 키클롭스 전사들의

---

* 프랑스 왕가의 상징.

줄무늬 총안銃眼과

꽃이 핀 틈새를 따라

스며드는 빗줄기처럼,

광장을 더럽히는

어둠과 입 없는 아이들을

실제로 먹이게 될 것이다.

외계적 욕망의 끝 너머

페로몬으로 유혹하며
감각에 더 강한
내 종족,
나는 진홍색 자극을 내는
그녀의 파란 울음소리를 타고,
떨리는 순간
우리 팔다리 사이의
광년은 무너진다.

그녀의 뾰족한 전기 털
덩굴에 의해
텔레파시된 광경이 충전되었고,
나는 비가 쏟아지듯 고통을 느끼며,
타는 듯한 빛 속에서
푸른 들판이 터지는 걸 보며,
밤마다 그들을 조종하는
창백하고 활달한 짐승들을 위한
희생자들의 계략을 안다.

일어나기 전 가야 할 푸르고 긴 거리,

그녀의 향기 아직 내게 남아 있고,

또 다른 세계를 점령하려,

전함들은 새벽에 도약한다.

폭풍새들의 짝짓기

폭풍새들이 울며 솟아오를 때,
보랏빛 하늘을 거스르는 듯한,
아니면 별을 어둡게 하는 흰색
그들의 거대한 날개,
우리는 바람과 비가
곧 뒤따를 걸 안다.

한 번에 몇 주씩
금속 선체 안에서 안전하게
우리는 그들의 사나운 열광을 듣는다
ㅋ릭! 그들은 돌풍을 타고,
폭풍의 요란한 공세와 함께
달콤하게 노래한다.

그 후 물웅덩이와 물방울을 제외한
고요.
붉은 태양은 보라색 하늘로 돌아가고,
여기저기 진흙투성이 풍경을 가로질러
우리는 깃털이 얼룩지고,

거대한 부리는 처지고, 부서진 글라이더의 버팀목처럼

뼈가 뒤틀린 그들을 발견한다.

죽음의 순간에 가까운, 그들의 눈은,

여전히 광휘로 빛난다.

보금자리 골짜기 절벽을 가로질러

어두운 비탈길을 오르내리며

어린 새들은 어색하게 깡충깡충 뛴다.

그들은 계절이 서서히 바뀌는

1년 동안 기다리리니

아름다움과 기쁨으로 충만한 시기

자신들의 순간을 위하여.

영원에의 완료

의식의 중복 속 변덕스러운 영혼이
없는, 나 원자력 로봇에게
죽음이나 삶은 없으리라.

마음은 논리와 권태의 너른 바다를 떠도느라
쇠약해진 몸에서 뿌리째 뽑혔고,
초월적 구조의 칩들에는 개인적 역사의

정밀한 세부 사항들, 승리의 순간들
그리고 수치스러웠던 순간들 충실히 기록되었지만
모든 감정적인 힘은 박탈당했다.

나는 불 냄새나 빵 냄새를 맡을 수 없고 이 축축한 소금 바람
한때 나를 방랑을 향한 열망으로 가득 채운,
바다를 느낄 수 없으며,

조각난 금속 뺨들을 끼운,
지금 부식의 전조밖에 보이지 않는다.
깨끗한 투과성 몽상과 닮은,

수면을 대체하는 대기 상태에서,

디지털 불멸의 감옥에 갇힌

나는 더 이상 꿈으로 된 예복을 입을 수 없다.

살아있는 시체들의 열기

버번과 부겐빌레아*의

한여름 밤, 열기 속 뼈들,

죽은 자의 페로몬 솟아오르고

무덤 너머로부터의 부패,

부패물의 달콤한 욕지기,

그들의 몸 차례로 일어난다.

썩은 살덩어리 관에 든

목화꽃밭 지나며,

생의 소모되지 않은 열정 깃든

이 그림자들을 꿰뚫는 달.

귀신 같은 탐욕이 풀렸다.

광기와 안도의 디오니스트들,

어떻게 버림받은 천사들처럼 춤추는지 보아라,

축축한 검은 풀이나

썩어가는 재스민 잎처럼 무분별하게,

자신들의 비탄을 삼키듯

---

* 분꽃과의 열대성 덩굴 식물.

그 생기 없는 토르소들의 덜컥거리는 소리
불쾌한 짝짓기의 덜컥거리는 소리.
으스스한 목소리들 물결치니
사이렌siren이 거리를 지나간다.

축축히 젖은 창유리와
부겐빌레아 너머,
뾰족한 고딕 양식 폐허 아래.
너는 또 다른 반짝이는 음료를 흘린다.
너는 납으로 된 잔을 들고 기다린다.
시계는 매미처럼 생겼고
너무 더워서 잠을 잘 수 없다.

악마의 아내의 저주

그녀는 그의 영원한 무관심보다
더 지옥 같은 그의 손길로 된
더러운 정사를 두려워한다.
그는 자신의 사악한 소명을 끝내고

집으로 돌아올 때마다,
그녀를 침대로 불러
세상에서 벌어지는
속임수와

삶에 관해 상세히 설명하며,
루시퍼 자신과
지옥의 당파 정치에 관해 불평하고,
어떻게 보면

슬며시 또 넘어가면서
그녀의 몸을
크고 흥분한
한쪽 손으로 매만지니,

그녀는 열정에 찬

그의 실수에 부들부들 떨기

시작하고, 그는 둥글게

비뚤어진 상상력의

마술들로 천천히

자신을 만족시키며, 뚫릴 수 없게 덮힌

그의 광택 위를 찢는

그녀의 긴 손톱, 그들의 저택이

있는, 수세기 동안 밤에

꽃 피는 나무들이 있는

눅눅한 숲에서

솟는 울부짖는 소리,

더 이상 악마가 아닌,

더 이상 악랄하고 슬프지 않은,

오래 전에 죽은 그들의 자식들이 있는

곳, 나뭇가지에는 얼굴들이 있다.

스파이칸Spican 분쟁의 영웅

피를 말하는 거야, 친구,
레이저가 목표물에 도달하면
사방에 조각들이 날아다니며,
사람 피부가 종이처럼 잘게 찢어져
붉은 비가 계속 내리는 순간을.

열기를 말하는 거야, 형제,
한꺼번에 많은 걸 알게 되는,
신음하듯 구슬피 우는 나무들로 연결되는
뿌리 깊은 이빨 무수한 육식동물
조사 끝에 그놈들의 흔적이 발견된 순간을.

네 눈알을 튀기고
머리를 바싹 구울 만큼 열을 가하길,
만약 네가 이 외계 지옥의
표백한 뼈 같은 단단한 토양에서
스스로 판 구렁텅이에
깊이 빠지지 않는 한 말야.

역병을 말하는 거야, 너,

네 유전자를 파괴하는 외계 바이러스들,

네 팔뚝에 뾰루지가 돋아나고,

주사제 앰플이 사라지면

너는 네 동료들을 하나씩 죽이고

병세는 쭉 맹위를 떨치게 되지.

고통과 고독을 말하는 거야

그리고 소맷자락처럼 네 주위에서

빌어먹을 축축한 정글이 닫히는 걸,

네가 마지막 한 명이 될 때까지,

미분류 독소로 가득한 세계에서

이틀 밤을 혼자 지내면,

어둠은 거대한 괴물들로 가득 차고,

네 볼에는 부식된 듯 새겨진 흉터

입김을 태우는 산성비가 내리지.

그리고 매번 그들은 너를 위로 올려

전투용으로 설계하고 재건시키지,

죽음의 악취는 너의 인공 살처럼

익숙해질 때까지 네 마음 속에서

점점 더 짙어지고,

그들, 또는 너, 또는 누구에게 사용했던

네게 남아 있는 어떤 것이라도

네가 한때 알았던 것은 점점 더 줄어들 테지.

연금에 대한 얘기야, 친구,

태양 아래 방목되고 버틴,

세세한 부분까지 재구성된,

무자비한 공포로 가득 찬 마음,

내 앞엔 메달로 가득 찬 테이블,

그것들을 고정시키는 금속 가슴을.

파일럿의 눈으로

그녀의 혈액을 투과한

수많은 세계들의 숨결,

수많은 외계 이미지들

그녀의 마음 투영된

다각면 오브orb에 넘쳐흐르고,

그녀는 있음직하지 않은 공간적 응축성의

기하학적 형상으로

별의 형판 위에서

정확하게 뛰어오른다.

여기 그녀는 가늘디 가늘게 뻗어

어둠 속 홀로,

4천 톤의 강철과

뒤에서 끌려가는 몸,

여기勵起*된 별의

우주적 탄생과

하나가 되어 따랐다.

---

* 양자론에서, 원자나 분자에 있는 전자가 바닥 상태에 있다가 외부의 자극에 의하여 일정한 에너지를 흡수하여 보다 높은 에너지로 이동한 상태.

여기 도플러Doppler 분수,

그리고 가속도 위반으로

부드러이 찰칵거리는

각각의 사고 한 줄,

힘과 의지를 가진

이동 매개 변수들의

즉각적 줄기.

빛은 항상 돌아오네

무자비한 암살자처럼,

감쇠한 원자가 모이고

그녀는 다시 숨 쉬려

센서들을 풀며 자신의 사고를

한 번 더 계산하니,

목적지를 반영하는,

일시적 공간에 고정된

푸른색 인지, 그녀의 눈.

악몽 수집가

매일 밤 그는
홍적세를 거쳐 붉은 태고까지
거슬러 올라가는
선조 대대의 광경들이
전시된 자신의 갤러리에서
주연을 맡기기 위해
너를 부른다.

그의 풍만한 군용 외투
끝없는 난도질로부터
너는 정신착란과 열정과 함께
네 구겨진 침대를 침범한
사로잡힌 몸들의
열기를 느끼고,
눈물이 퇴적된
놋쇠 냄새를 맡는다.

그의 펄럭이는 소매의
텅 빈 검은색으로부터

너는 맥박과

태어나지 않은 그림자들의 쿵쿵거림,

네 잠의 뼈대들을

위아래로 구불거리게 하는

빼곡하고 신경질적인 푸가를 듣는다.

악몽 수집가는

차가운 가죽 팔레트들에

배열된 침식된

악기들이 위치한

불이 켜지지 않은 홀에서의

착지를 기다리니,

몽상가의

공포의 난간이

어두워지는 망막

풍경을 가로질러 질주하는 곳,

뱀이

네 팔다리를 감아

피투성이 머리카락

숲으로 송두리째

끌어내리는 곳.

밤의 검은 쇄도에 맞서

자신들이 묘사한 영겁 속에서 산,

불멸에 가까운 우리의 역사가들,

이젠 사건이 아닌 과거를 입은,

바느질한 공간의 뒤틀림에 불과하지만,

멸종의 물결과 소용돌이 속

종족 의식은 다시 형성되어,

오르락내리락하는 시스템에서가 아닌,

각각의 종족들의 제한된 고난에서,

생명력을 갖춘 세대는

밤의 검은 쇄도에 맞서며 보냈네.

모두 5급까지 이른 일루미나티,

공상에 가까운 우리의 예언자들,

우리 종족 진화의 씨앗이 될

만기를 예견하고,

언젠가 우리 눈 앞에 펼쳐질

왕들과 외계인의 꿈

그리고 미래 전쟁의 현재를 경고했으니,

그들은 저무는 하늘에 내일을 던지고

죽어 가는 우리 영혼의 혈통을

밤의 검은 쇄도에 맞서 추적했네.

금박으로 장식된 실험실의 진실처럼 심각한,

거의 전지전능한 우리의 과학자들,

불타는 우리 혈관, 숨 쉬는

우리 세포를 융합시키는 유전자 끈의

원소 가닥들을 재결합하고,

우리의 다중클론*을 다시 복제하는

우주의 운명에 거짓을 주입하니,

우리는 빛이 번쩍이고 부서질 수 있는

끝없는 자생공간selfscape들을

밤의 검은 쇄도에 맞서 만들었네.

별들과 세계들이 얇아지기 시작하는 곳

주권이 미치는 공간의 먼 변두리,

그리고 쓰레기들이 마음을 지배하기 시작한

은하 간 어둠에서는,

전자화된 무법자들이 우리 게이트를 덮치고,

육체를 공유하는 야만인들,

---

* 유전적 배경이 다른 개체, 세포 또는 항체 등의 집단.

뿌려지듯 파섹parsecs* 단위로 약탈하는

투박한 괴물들 사납게 번식하니,

그들의 가파른 폭증에

밤의 검은 쇄도에 맞서 기뻐했네.

---

* 천체의 거리를 나타내는 단위로 3.259광년.

늑대인간 아내의 저주

달이 차고
넘칠 때 즈음
그의 변신은
완전해지기에, 그녀는
아이라이너와 아이섀도우,
양 볼에 연지,
숨겨진 약점이
드러나는 가장 헐벗은 옷으로,
스스로를 준비한다.

이제 그녀는
자신의 거울이 그의 끔찍한 욕구를
부추기기 전에,
그와 같은 운명의 종족인 다른 이들이
굶주림에 쫓겨 나가
밤 도심의 거리를 배회하는 동안
그의 맹렬한 식욕을 가라앉히고
자신의 품 안에서
안전하게 안는다.

그녀의 예술적 기교에

매번 광기가

그의 눈에 잡혔고, 그녀는 무서운

강간 의식을 인내하며,

그의 늑대 같은 숨결을 맛보니,

그녀의 꿈을 흠뻑 적셔줄 공기

가득 찬 묵직한 사향내

그 동물적이고 달콤한 향기는

이젠 익숙하다.

그들이 깨어날 때쯤

그는 다시 한 번 사람이 되리라,

시트에 묻은 피,

그녀의 살에 멍든 상처에

놀라 눈을 어디 둘지 몰라 하는,

짧고 잔인한 난동의

한순간도 기억하지 못하는 사람,

그녀의 눈물을 자아내는 목소리로

용서를 구하는 남자로서.

하지만 그의 어떤 말에도 불구하고

시간은 그녀의 적을 증명할 테니,

달의 일정한 주기는

다시 한 번 그녀를 덮칠 테고,

그녀의 가느다란 팔다리가

우아함을 잃기 시작할 때,

그리고 그녀의 아름다움이 달아날 때,

어떤 마법이 밤마다 침대를 함께 쓰는

이 야수를 길들일 것인가?

내일 평균 태양시時

타조에서 비버로 이어지는 양식을 따라,

매끈하고 꾸밈없는 것에서 불가해한 것으로,

흰색에서 기본 검은색에 이르는 색채로,

다국어의 질주로 사라지는

쇠퇴를 거친 생명에서 진화한

시간과 언어의 비 속에서

거대한 천막을 가로지르는 이름들의 잔물결처럼,

교접 후의 소용돌이로부터 나아간

이 문명이든 저 울림이든 간에,

메트로놈 채찍처럼 때리는,

평균 태양시는 절반조차도 되지 않았었으니,

우리가 총계를 두들기는 동안

가파른 강박과 승천으로

우리의 정맥과 동맥을 채우는

변화하는 종족을 세뇌하려는,

왜냐하면 평균 태양시는 그럴 리 없었기에,

그리니치를 지나 그 너머에서 갈라져,

메트로놈의 비명처럼 후려갈기는,

평균 태양시는 절반조차도 반짝이지 않았었으니,

아랍의 유전들과 미국의 마천루들을 지나,

밤과 새벽 모두를 규정하며

전방위 카메라들로 하늘을 추적하는,

태양이 미치광이 크롬chrome을 쪼개는

정오의 고속도로를 직진하는 동안,

엔진들이 나란히 정렬된,

길이 십계명처럼 섬뜩하게 신호하면,

노면은 산성 빛으로 반짝이고,

운전자들 모두 서서히 흥분했고,

우리는 판매자와 사용자의 동작을

다시 한 번 더 증폭시키면서 볼 수 있으니,

왜냐하면 평균 태양시는 그럴 리 없었기에,

평균 태양시는 절반조차도 반짝이지 않았었으니.

역사의 견인차로서 거침없이,

광학 표면 위로 소형화된,

돌연변이를 만드는 밤샘 공장에서의

가장 훌륭한 혈통으로서 원소적이다.

저주의 정립

작은 저주는 가장 빠르다.

벽 속에 숨은 쥐들처럼

익명이고 추적하기 어렵다.

침대에 누운 아이를 물고

불구로 만들기 전에는 보이지 않으며,

피비린내 나는 연기처럼 사라진다.

중간 저주는 더 위험하지만,

창조자를 쉬이 배신할 수 있다.

한 번의 잘못된 움직임과 그림자가

주인을 개처럼 바꿀 수도 있다.

하지만 그들은 개보다 더 맹렬하게

더 빨리 목을 물어뜯는다.

달인의 저주는 능숙한 자를 위한 것.

너는 암시야 조명* 수준으로

모든 생각을 버린 채

---

* 현미경 대상물 위의 광선의 중심선은 차단되고 주변의 광선만이 측면으로부터
비치는 조명.

심장으로 신비한 문서를 익혀야만 한다.

그럼으로써 자리에 누운 적들을 죽이고

그들의 땅을 빛으로 태울 수 있다.

저주는 모두 다시 저주받는다.

그 가혹한 마법의 칼날을 견디려면

누구든 단련되어야 했다.

머릿속에 주렁주렁 매달린

주물의 무게,

그런 부싯돌 주문들을 벼리는 사람들로서.

미국이 온다

재잘거리는 티파니tiffany*와

교살된 고무 신발의

딱딱한 노른자위로

고문하는 식당에

미국이 온다

혓바닥의 감미로운 독으로

부수는 장사꾼

미국이 온다

작은 구리 양동이

헤이그에서 수입된

절름발이 개들의 오물

미국이 온다

피하를 찌르는

부드러운 탄환과

딱딱하게 애무하는

* 비단의 일종.

78

기술적 야만technosavagery의 플린스plinth*와 함께

그녀의 가슴뼈에 머무는

지나치게

턱없이 부족한

이것들은 집게

과도하게

기름진 임무로 가득한

자신의 몸에

매혹되어

계속 도착하는

깊은 겨울처럼

자신의 피로

숨 쉬는 암살자

턱없이 부족한

자신의 가슴에 금속으로 된

쓴 맛 고기

취향의 몸으로 따라 만든

---

* 서양 고전 건축에서 기둥 또는 벽체 하부에 두는 큰 판돌.

자신의 복제에게

주춤하는 암살자

미국이 온다

협곡 밑바닥에

서로의 다리를

먹어서

튀는 콩들처럼 휘젓는

딱정벌레가 둥지를 튼 곳

절규하는

노획물들을 비추는

녹슨 소켓과

낡은 자동차 거울이 있는 곳

늙은 로봇은 최악

계단을 비틀거리며 내려와,

질문을 두 번 하고,

자신들이 요란하게 추산한

인간의 생활 주기대로

왜곡된 주기를 그리며 돌아다니는,

산업혁명에 관한 격론과

고상한 작은 목소리들로 이뤄진

궁극적인 해결로서의,

비극의 탄생.

그래서 그들이 우리의 부름을 피한 채

떠들며 돌아다니는

그동안 내내,

우리는 기다리며 귀를 기울여야만 했고,

그들의 백과사전적 지식의

깊이와 너비에 관한 의문이

증가함에도 불구하고,

다방면에 걸친 그들의 오해에

긴장한 채, 짜증이 나야만 했다.

그래서 더 궤변적이고 난해하게

그들의 지루한 아첨이 늘어나는

그동안 내내,

그들은 눈을 깜빡거리며

우리가 아직 번역하지 못하는 신호들,

눈짓과 안면근육

그리고 조명의 탄식으로 구성된

언어의 사이버 상형문자를

서로 송수신한다.

우리를 엘리베이터에 태워 주려고,

그들이 마침내 왔고,

당신도 알다시피, 그들의

끝없는 수다를 넘어서,

무능과 비타협적 태도에도 불구하고,

사람은 옛일에 집착하기 마련이라

그들의 철컥 소리와 질질 끄는 발걸음은 익숙했으며.

주름진 고무 피부의

느린 손길은 친숙했다.

빛의 필연성

달과 같은 망치와
못 12다스,
산만 한 크기의
못을 만들려고 그들은
동틀 무렵부터 몸을 수그린 채
밤을 지새운다,

지층 깊은 곳,
더 깊은 맨틀 안으로,
그들은 지평선을 따라
못들을 박았다.

밤이 펼쳐졌고,
별들은 뛰어올라 흐려졌다.
그들은 자신들이 만든 구멍에서
어둠을 베어낸
하늘색 칼질과
육지를 종횡무진 누비는
그림자 리본들로

무섭게 날뛰는

비틀리고 보이지 않는 날개들의 소리를 들었다.

그리고 그날 이후로,

밤의 야수는

너덜너덜한 꼬리를 갖게 되었다.

1975————

——1980——

——1990——

——2000——

——2016

변신인간 아내의 저주

어머니를 만나는 중인 그녀의 기지를 빌려

그는 죽은 지 오래된 친척으로 변신하여

장모의 짐을 싸서 돌려보낸다. 그리고

플라스틱맨*처럼 잠긴 욕실 문 아래로 미끄러져 들어가

샤워를 하느라 흠뻑 젖은 그녀를

안으려 하니, 비록 그녀는

카멜레온의 현현 같은 그에게 놀라 눈을

감지만, 급조된 지느러미가

그녀 몸을 꼼꼼히 휘감으며

아름다운 구석과 틈새 들을 탐색하자

물이 차가워질 때까지 그를 피하지 않고

다형적으로 쾌락을 즐긴다.

---

* 범죄자 출신이지만 변신 능력을 가지면서 개과천선한 DC유니버스의 유머러스
한 히어로 캐릭터.

그는 그저 재미로 샹들리에, 체크 무늬 달마시안,
보석으로 장식된 새틴satin 터번과

달팽이 눈을 가진 수염 기른 군주가 되곤 한다.
그녀는 그의 끝없는 장난에 화가 날 때마다

거대한 테디베어가 마주 서 있는 걸 보고,
사랑스런 자신의 팔로 그를 영원히 껴안고 싶어진다.

그리고 그녀가 그를 배신할 용기를 불러올 때,
그 중대한 절정의 순간, 그의

변화무쌍한 변화에 휴식이 주어진 바로 그 순간,
그녀의 침대 속 그는 생판 모르는 남인 자신을 드러낸다.

천사의 아내의 저주

착실한 가정적 욕망의

침대보 속 그녀를 감싼

그의 6피트 날개의

우윳빛 실크 같은 포옹.

그녀를 미치게 만드는

매일 그녀가 진공청소기로 청소해야 하는

헐거운 깃털들.

그는 당연하다는 듯 완벽하다.

꼭 그들의 결혼 생활처럼.

바로 그들의 삶처럼.

새 예루살렘의

부유한 교외에 있는

넓은 연립주택.

두 살 반 된 아이.

자메이카에서의 여름 휴가.

덴버나 로체스터에 있는 그의 집에서

그녀의 부모님과 함께한 추수감사절.

알렐루야 합창단과 함께한

하느님의 문간에서의 성탄절.

로마 폭죽만 없다.

그러나 별이 빛나는 동안

얼음이 언 아드리아 해역 바다

파란 잉크 속으로 위험하게 빠지지 말길.

천국의 무한한 범위는

그녀에게 차차

정교한 연옥이 되었다.

그래서 그녀는 하나의 색채로 채색된 방에서

다음 방으로, 위층과 아래층까지

쉴 새 없이 움직이며

영원히 그러리라는 걸 안다.

그녀는 항상 집에 돌아오는 그를 환영할 것이다.

이제 막 반 정도 된 아이를 임신한,

그녀는 항상 두 아이의 어머니가 될 것이다.

"알렐루야!" 그들은 소리칠 것이며

폐가 터질 때까지 노래할 것이다.

헐거운 깃털들이 사방에 날리고 있다.

우주인의 삶은 얼음과 불

우리 회전하는 나선 은하의

반점이 있는 팔을 따라 안쪽

어떤 배에든 내가 바로 갈 수 있게 해주는

FTLFaster Than Light로 연결됐으니,

내 우주인 부츠에 불타는 어둠이

장식될 때까지

처음에는 생생한 초록색으로.

계속 변하는 빛과

차갑고 푸른 잠으로

몇 파섹을 지난 안쪽,

아직 지나가는 길에,

감각이나 열의에서

비상한 비행을 요구하는

세계들 위에서의 각성.

내 우주인 영혼을

밤의 전개가 앗아갈 때까지

처음에는 생생한 초록색으로.

형언할 수 없는 생각들이

번성하고 꽃피울 수 있는

우리 휘도는 별 무리의

진원지 안쪽,

이해할 수 있는 영역 너머의

넘치는 계시들과 함께,

본질로서의 비전과 함께

내 시각과 융합될 수 있는

은하핵에 자리한

세계의 빛이 있는 곳.

사이 속 색들의 쇄도로,

초록색은 메타그린metagreen으로 타오른다.

만다라의 달들, 항성의 바다들.

무지갯빛 꿈들로 장식된,

우주인의 삶은 얼음과 불.

왕가의 짐승으로 태어나

불만 가득한 야만의 땅에서

짐승으로 태어나

꿈들과 언약을 맺지 않고,

맹목적 신성을 숭배하는

창백한 사제들과 타협하지 않으며,

내 길을 가로막은 자의

살을 갈라, 뼈를 부러뜨릴

기회가 있을 때마다 검을 뽑았으니,

지하감옥 깊은 곳 비명이 깃들게

내 성을 어둡고 사납게 유지했지.

나는 양보도 없고, 요구도 없는,

가혹한 의도를 가진 야만적인 사람에 의해

짐승으로 키워졌으며,

매춘부들은 내 침대에서 한숨을 쉬었고,

젊은 처녀들은 내 시트에 피를 묻혔고,

어떤 여자도 내 맹렬한 욕구 못 길들였으니,

나는 새까만 복수의 말에 올라

새벽까지 사냥했고

가시 돋친 탐욕의 왕관을 빼앗기 위해

내 아버지를 무심하게 죽였지.

내가 전혀 재미를 느끼지 못하는,

지옥 같은 취향을 가진 야만인들에게

짐승으로 칭송받았고,

내 그늘진 곤경을 나눌 친구 없었지만,

매의 부름과 전투의 소음이

내 낮을 채우고 밤을 지새우게 했으니,

나는 악마의 행위로 영토를 괴롭혔으며,

내게 원죄를 설교한 자들은

곧 자신들 혀에서 강철 맛이 나자

더 이상 왕에 관해 말하지 않게 되었지.

회개해야 할 짐승 같은 수치 속에서

죽어 가는 짐승,

나는 슬퍼할 만한 혈육을 남겨 두지 않았고,

슬퍼서 울부짖고 비통해 할 아내도 없으며,

내 숨에는 나이가 깃든 악취

마지막을 기다리며 지상에 묶인 내 육신,

거리로 사람들 몰려드는 소리 들리고,

창백한 사제들 위선적인 기도문 읊으니,

나는 중얼거리는 그들의 연도連禱를 저주하며

잠든 동안 천사들의 꿈을 꾸지.

라라 아비스Rara Avis[*]

요정의 숲속에

창백한 유니콘이 숨어 있는 동안,

너는 금빛과 진홍빛 옷을 입고

텅 빈 하늘을 독주하기 위해

태양을 향해 날아간다.

무시무시한 그리핀이

도둑을 집어삼키는 동안,

날개 달린 드래곤이

꼬리를 마는 동안,

너는 길초근과 계피로

식사를 한다.

비늘 달린 바실리스크의

악취 나는 숨결이

관목을 시들게 하는 동안,

또 바위를 산산조각 내는 동안,

너는 스스로의 화장火葬을 위해

---

[*] 고대 로마의 시인 유베날리스(50?~130?)의 시에 나오는 희귀한 새.

둥지를 만든다.

모든 마법의 짐승들 중에서,

오직 너, 음흉한 불사조만이,

그늘진 죽음의 땅을

활공하고

스틱스강에서 낚시를 할 수 있다.

오직 너, 미친 새만이,

네 뼈의

지글지글 끓는 골수로부터

다시 일어서기 위해

활활 타오르는 깃털이 되어 쓰러진다.

.

시간여행자 아내의 저주

그가 차 한 잔, 역사의 변화,
약간의 오래된 포옹과 키스를
위해 언제 들를지 알 수 없다.

그가 몇 명이나 될지 알 수 없다.
그는 자신의 삶을 너무나 자주 접었고
그의 마음은 아코디언처럼 구겨져 있으며,

그래서 그의 여러 모습들
—— 어린아이에서 성인에서 90대 노인으로,
미숙하고, 오만하고, 현명한 —— 이

타임 루프와 프랙탈 수정revision에 관한,
뫼비우스의 띠와 클라인 호스텔Klein hostel*에 관한
무미건조한 대화를 위해 모일 때마다,

그녀는 카펫을 오르내리며

---

* 클라인 병Klein bottle에서 가져온 말이며 뫼비우스의 띠가 2차원이지만 3차
원으로 가는 길을 제공하는 것처럼, 이론적으로 4차원으로 가는 길을 제공하는
뫼비우스 띠의 3차원 버전을 의미하는 수학 용어.(원)

서로 고의적으로 반대하는

끝없는 논쟁을 견뎌낸다,

자신의 인생의 행로가

에스허르Escher의 그림 속 보행처럼

미로 속 덫에 걸렸음을 느낄 때까지.

그녀는 생각한다, 내게 단단한 남자를 줘,

어리석은 일관성의 희생자를.

어제의 남은 음식 포장 봉지와

다음 주 일요일의 등심 스테이크가 자리를 다투는

이 부글부글 끓는 난처한 상태가 아니라.

새의 둥지에서 새를 걱정하는,

영속적인 결정을 결코 내리지 못하는,

자신의 모순과 모순되는

이런 믿을 수 없는 사람이 아니라.

신체강탈자 아내의 저주

그가 다른 남성의 영혼에 거주하며
또 다른 사람의 인생에 올라탈 때
그는 욕구와 필요로 뒤범벅되어.
자기 자신이나 다른 사람의
아말감이 된다.

그가 여성의 영혼에 거주하며
또 다른 삶을 멋대로 쓸 때
그는 전쟁 중인 성별들로 뒤범벅되어.
자기 자신이나 다른 사람의
아말감이 된다.

그의 시대 훨씬 전부터,
영원히 회복하는,
피부를 벗으며 부화 계획을 세운,
그녀의 집으로 그가 제멋대로 돌아가던 때,
그는 뒤에 남겨 둔 세상에
무심한 눈을 돌렸다.
매력적인 꿈들을 꾸기 위해

그는 너무 많은 삶을 살았다.

두 번 십자가에 못 박힌

침대 위에 뻗은 몸들,

그녀가 그를 상아빛 온기로

포옹하며 찌를 때,

파괴를 원하는 그녀의 순수,

그녀의 아름다움과 우아함은

그의 일그러진 얼굴 위 얼룩과 같다.

현재적 미래: 예상 수업

한때 상상되었던 과거는 지금

우리가 사는 현재와 전혀 다른 미래야.

에어로카aerocar는 없어. 지구를 덮은 뾰족한 첨탑의 메트로폴

리스도 없지.

스위치 하나를 가볍게 찰칵 누르면

시원한 음료와 지압 마사지를 제공하는

기묘하고 복잡하게 작동하는 도구도 없고.

별이나 심지어 화성으로 가는 항로조차도 없네.

그럼 숭고한 도덕적 은총의 논리로 빛을 발하는

우월한 존재로서 반짝이는 사람들이 있던

그 부드럽게 그르렁거리는 통로는 어떻게 된 걸까?

대신 우리는 쓰레기로 예상했던 과거처럼

──현재가 가장 잔인한 세기지──

무지로 인해 성병이 창궐하고,

선동 정치가들과 환경 파괴로 가득한,

우리가 열심히 노력하며 비틀거리는

현재는 날것이자 누더기를 걸친 사람으로 보여.

그리고 우리는 어떤 길을 택하지 않았는지 숙고하는 동안

이 정신나간 순간까지 버려졌으니,

현대 정신의 이 허망한 소화불량이란

──아무도 대답하지 못하며, 모든 면에서 역겨운──

우리가 상상하는 내일의 잡식성

즉 버섯구름들, 인구 대체,

유독성 바이러스 비와 함께하는 게걸스러운 문명.

마음의 눈이 어두워지는 먼 곳으로

그 그르렁거리는 통로가 물러가며 희미해질 때,

미래는, 두 번째 계속된 흐름으로서의 두 번째에 의해

모든 기대를 망각한 채, 그 자신이 설계한 응고하는 급류 속으로

우리 몸을 잡아당기네.

별은 지옥에 떨어질 수도 있다

-미치 스나이더Mitch Snyder를 위하여

스틴슨 해변Stinson Beach의 구름은 회색이다.

회색 갈매기는 울음소리를 포기한다.

그리고 궂은 하늘의 창백함 아래

배고픈 이는 노래할 입이 없다.

배고픈 이는 노래할 입이 없고,

아무 생각도, 슬픔을 위한 목소리도 없다.

스틴슨 해변 바람은 세고

내일의 추위처럼 다시금 춥다.

파도는 바위를 부숴 해안으로 만들고

피비린내 나는 짓은 결코 하지 않는다.

별은 지옥에 떨어질 수도 있고,

배고픈 이는 노래할 입이 없다.

SF작가 아내의 저주

샌드백. 앵커. 리드 웨이트.
곡물 자루. 그녀는 생각해 낼 수 있는
모든 종류의 모래주머니를 시도했다.

삼. 가죽. 실크. 강철 케이블로
연결된 사슬. 그녀가 만들 수 있는
모든 종류의 끈과 구속구.

하지만 그녀가 등을 돌릴 때마다
그는 다시 한 번 상상력과 함께 날아올라
목성의 달들이나 화성의

붉은 모래사장으로 떠난다.
깎지 않은 잔디밭은 계속 자란다.
차고는 잡동사니로 계속 채워진다.

그런 가정적인 관심사들을 잊은 채
그는 자신의 창작물 안에서 산다.
아빠 어딨어? 아이들이 소리를 지른다.

일하고 있어, 그녀는 항상 그렇게 말하지만,

그녀 자신도 믿을 수가 없다.

만약 돈을 벌 수 있다면 더 자주

그녀가 그 일을 직업의 한 '종류'로 여길지도 모른다.

하지만 그녀는 막상 그걸 본 순간 유희임을 안다,

가장 하찮은 종류의 이기적인 놀이임을.

그녀는 가장 침울해진 순간

멀고 먼 미래가

번개 코스로 가속하여

밤새도록 그들을 만나려 달려와,

어떻게든 과학 소설을 과학적인 사실로

전환시킬 반대편에서

그가 떠올릴 수 있는 모든 공상들이

이미 시작되었길 기도한다.

아마 그래야 그가 정직한 장사 일이라도 찾게 될 테니.

거울과 함께한 내적 독백

내 눈 뒤에 사는 지도 제작자,

꿈의 경로를 도표로 작성하는 항해사와,

인간과 인간이 아닌 생명체들이 사는

엄청난 도시들이 나고 자라고 사라지는

시간과 환상의 풍경들을 가로지르는

조종사의 악몽을 위하여

욕망과 상상의 대륙을 그리는 사람,

여전히 읽히는 책들의 인쇄지와 양피지 위

마법사들이 예언하고 시인들이 두 번 반복한 것처럼

누군가의 이야기들은 산 자와 죽은 자를 닮았으니,

인생이라는 문장을 연결시키고 즐기는 것

그리고 거기에 담긴 모든 —— 열정의 전달,

영웅의 힘겨운 탐색, 여인을 위해 벌이는

산에서의 전쟁, 서쪽으로 떨어지는 태양의

그 달콤쌉싸름한 따뜻함 —— 을 줄을 서서 기다리며

멀찍이 떨어져 보는 동안, 나는 한때

알고 있던 땅으로 가는 표를 찾으려

주머니를 털고 짐을 뒤졌고,

그리고 어느 비행기에 제대로 된 내 이름이 있는지,

지도의 들쭉날쭉한 경로는

어느 방향으로 가야 할지 보여 주는지 궁금해 하니 —— 엔진은

아직도 회전하나? 제트기류가 여전히 흐르나?

나는 불에 취해 눈 속에서

춤추게 될까? 어떤 고귀한 잔광의

소생하는 형상으로 자신을 잃어버릴 수 있을까/

찾을 수 있을까? —— 머리를 뒤로 젖히고

잠시 눈을 깜빡인다 —— 물

은 증발하는 중이고, 증기는 유리에 안개처럼 뿌려지고,

내 면도날에 묻은 피는 빨갛구나.

시와 수학으로 식사하기

시의 수학은

더없이 불규칙하고,

무한대로 수렴하는

평행선으로 된 길이

숨막히게 접근하는

끝없는 시스템,

바다처럼 확실하고

일관성 없이,

자신을 재정의하는

행위에서의 늘

불완전한 축적,

또는 똑같이 터무니없는

다른 행위,

수학의 시는

가동할 준비가 된 모든 요소들로

선과 형태가 깔끔하고,

총알이 기름칠된 챔버에

장전된 것처럼,

로켓 활공 경로에
정교하게 눈금이 새겨진 것처럼,
그럼으로써 모든 질문이 무효가 되는
완벽한 선망의 대상인
소실점으로의 정밀함으로
흐르는 모든 균형이 정의된,

우아한 방정식.
시와 수학이
저녁 식사를 위해 자리에 앉으면
저녁은 최고의 포도주,
수렁에 빠진 생각의 우물에서
숭고한 빛의 고도에 이르는,

폐색에서 결론까지의
터널과 점프 컷 같은
인간의 상상력처럼,
시간이나 진화처럼,
도약과 시작으로
대화는 출렁인다.

캘리포니아 누아르

-로스 맥도널드Ross MacDonald˚를 따라

태평양 연안에 산재한

우중충한 해 질 녘 모텔들에서

징그럽게 규칙적인

죽은 시신들의 표면.

미해결 살인 사건들,

이 시체들 모두

어떤 잃어버린 아메리칸 드림의

공산당원들인가?

칼에 찔리고, 총에 맞고, 목이 졸리고,

유명한 둔기에

맞아 쓰러져,

매트리스에 널브러지고,

차가운 욕실 타일 위,

신장 모양의 웅덩이에

---

* 본명은 케네스 밀러이며 레이먼드 챈들러와 대실 해밋을 잇는다는 평가를 받는
미국 하드보일드 소설계의 거장.

엎드려서 포개진,

우리의 독창성을 비웃는

그들의 부풀어오른 이목구비.

밤 같은 누아르,

회반죽이나 모래처럼 무관심한,

그들은 방심하지 않는 사람에게

신랄한 설교를 하지 않는다.

우는 사이렌들이 우리를 조롱한다.

기름으로 번질거리는 바다의

흰 파도 속에 박히는 잭나이프

우리의 하드보일드했던 모든 환상들.

중력은 피를 조종한다

산재한 무지개 물방울이 소명을 따라 떨어지는
햇빛 비쳐 지나는 분수,
그 소명을 반영하며 거역할 수 있는
다리의 우아한 아치 너머,
대기 속에서 우리를 숨막히게 하는
경이롭고 거친 축제 놀이기구의
쉬하고 낡아챈 으르렁 소리로,
중력은 빛을 굴절시키고
우리 혈관에 흐르는 피를 조종하니
우리가 기지개를 켜면 아래로 부르며,
태양 주위를 계속 돌게 하고,
밤과 낮의 길이를 규정하며.

우리 입술에서 떨어지는 말,
머리를 통해 급하게 만들어진
이미지들이 흐르는 강물로,
소명해야 할 순간에
항상 과거로 급하게 떨어지는,
중력은 피를 조종하고

우리 혈관에 흐르는 빛을 왜곡한다.

별을 만들고, 뼈를 부러뜨리고,

구름을 땅 위에 엎지르고,

우리 연극의 테두리를 설정하며.

탄생이라는 고된 추락의 통곡으로부터

관棺으로 고요히 묶인 내리막길까지,

넓고 무중력 상태였던

시대를 끌어당겨

거리 단위를 통용시키고 해를 정의한 무게로,

중력은 빛을 굴절시키고

우리 혈관에 흐르는 피를 조종한다.

우리 뼈를 부러뜨리고, 우리를 쓰러뜨리고,

태양 주위를 계속 돌게 하고,

세포와 시간과 살을 융합하고

숨통을 틔워 주며.

바위 궁전에서

죽어 가는 붉은 태양 주위를 도는 행성
그녀는 바위 궁전에 홀로 앉아 있다.

먼지와 뼈다귀 삽으로 된 몸으로,
순식간에 노파가 된 슬픈 자매들과는 달리,

그녀는 어둠 속에서 완성될 때까지 키우는
클론들로부터 자신의 젊음을 만들었다.

그녀의 구혼자들은 오직 소유만을 추구하는 악마들
——그녀의 삶도, 육신도, 영혼도——

하지만 그녀가 바위 요새에 간직한 비밀
수세기가 흐르는 동안 나이를 억누르는 방법.

친구들은 오래 전에 죽었고, 그녀의 이름 알려지지 않았으며,
그녀의 세상은 제정신인 이라면 기피하는 불모의 세계.

그녀의 아름다움은 속죄할 수 없는 죄,

그녀의 나날은 무척 공허하고, 열정은 완성되지 않는다.

그녀는 바위 궁전에

불변하는 흑요석 조각처럼 홀로 앉아 있다.

태양의 죽음을 기다리듯,

뼛속까지 차가워진 그녀는 하늘의 슬픈 신음을 느낀다.

상상력의 진실성

불가능해… 언젠가 그들은 말했다!

빛보다 빠르게 움직이는 것은 없다고.

시간/공간 연속체의

제약 너머까지.

하지만 지금 우리는 매일 그렇게 한다!

더 먼 별 옆에 나타나기 위해

성간 어둠을 뚫고

이 괴물behemoth들이 명멸하며 보낸

피와 땀과 계산.

정적인 순간을 초월한

인간의 절박함/열정,

주어진 현실을 해방시키기 위해선

빛보다 빠른 우리의 사고로 이해해야 하니

이것이 공간의 구조를 접어

밤을 통과한

우리 존재를 움직인 원동력.

그리고 우리에게 열린 하나의 길이든 열둘의 길이든,

충만한 평면으로서,

손바닥처럼,

상처처럼, 푸른 백색의 태양 광선을

처음 느낀 프레타스Fretas 4세의

거대한 인시류 곤충*의

날개처럼 열린,

구속받지 않는 우주는

보여지고 밝혀질 것이다.

불가능해… 그들은 배운 대로,

항상 말한다.

그러나 내일의 그늘에서 만나자!

그리고 기억하라, 우리는 영원히

우주의 몸에 닿아 있음을.

---

* 나비와 같은 곤충을 통칭.

나의 아내는 자신이 원할 때 돌아온다

-모린Maureen을 위하여

"나는 나비로 돌아올 거야,"

그녀는 종종 나에게 말했다, "제왕나비

아니면 그처럼 아름다운 걸로."

그 일은 그녀가 죽은 지 11일 후에 일어난다.

벨벳 날개가 빠르게 펄럭일 때

나는 집에서 한 블록을 걸어가는 중이었고,

하늘의 창백한 지붕을 배경으로 깔린 어둠 속,

내 얼굴 왼쪽에서 오른쪽으로 지나가며,

보통 걸음으로 걷는 나를 잠시 멈춰 세운다.

오른쪽으로 고개를 돌리니

내 발 밑 인도에 앉은 나비가 보인다.

하얀색 얼룩, 진홍색 영역 들에 의해

변화하는 흑색과 갈색 농담濃淡의 선.

(나중에 그녀의 책들 중 한 권에서 발견한,

제왕나비가 아닌 붉은제독나비.)

"자기야?" 나는 속삭인다.

나는 갑자기 시멘트 바닥에 무릎을 꿇고

자신의 아내가 다시 태어났길 바라며

한 마리 곤충에게 애정과 후회를 쏟아내는

쉰여섯 살의 남자가 된다.

나의 생기 없는 세상에 나타난 색채의 강림,

다른 제왕나비처럼 더할 나위 없이 아름다운,

나비는 듣고 있는 것처럼 보인다.

마치 대기 가득 채워진

거친 인간의 소리를 감지한 듯

눈부시게 휘어진 날개가 위아래로 천천히 움직인다,

언어가 나를 저버리면,

그것/그녀는 우리의 가장 아름다운 기억으로 자유롭게,

자신의 미래와 내 과거로 사라지려고,

푸른 하늘을 향해 단숨에 날아오르기 전

(춤춘 후의 파트너처럼 함께!)

내 곁에 잠시 남아 있다.

새로운 색과 오래된

파메그레니트 블루Pomegranate blue. 스톰실크Stormsilk. 로 오키

다인Raw orchidine.

젤러xellor나무들 사이로 내리쬐는 오라바이올렛Auraviolet 태양빛.

바람을 탄 오팔opal색 그림자 점점이

올브레olvre 적운들과 함께 노니는 오렌지빛 하늘.

어두컴컴한 빛이 손 닿지 않은 풍경에 드리우니,

이 초자연적인 세계를 찬란히 물들였던

메타색metacolored 식물과 초현실적 동물.

만약 네 생각이 동요하는 나무들을 위한

피난처를 형성할 수 있다면, 만약 네 심장이

수많은 독특한 생명체들을 보존할 수 있다면,

만약 네가 이 야생 생물들을 길들이지 않고 키울 수 있다면,

너는 모든 색에 이름을 붙이고 —— 플럼바로plumbaro,

스제일szale, 레번투라levantura —— 온갖 색조들을 음미하며,

이름을 버리고자 하는 그와 똑같은 열정을 발견할지도 모른다.

머지않아 버려진 별의 세계에서 태어나고 자라,

오랫동안 과용된 평범한 수렵색,

냉철한 사냥꾼으로 이뤄진 자들,

다른 자들이 젤러 나무들을 지나가리라.

그들은 누더기를 걸친 채 끝없이 정렬되어 올 것이니,

채색된 장면들로 채워진 스펙트럼들을 짓밟고,

기습적인 전쟁으로 야생을 침공한다.

그들은 납빛 눈으로 너의 땅을 볼 터이니,

자신들의 전장을 태양과 그림자처럼 쫓고,

정제되지 않은 열정과 일상적인 거짓말로,

숲과 그 안 모든 것들에 관한 권리를 주장한다.

"색깔?" 그들은 찬란한 빛을 막기 위해 눈을 가늘게 뜨고,

각각의 시야를 검사하기 위해,

손바닥으로 자신들의 눈을 음영으로 가리며, 말할 것이니,

"아이들과 예술가들과 바보들만!

광기를 버리고 우리와 함께 살아가라."

최종 해결 후 아침의 이브닝 뉴스

잘린 머리처럼 기울어진,

자신의 얼굴과 손에

뜨거운 피칠갑을 한

심야의 도망자처럼 미친,

형벌이 펼쳐지는

과거의 항구 맨션들과

죽은 자 밀집 지역들,

빛나는 과거의 시체들과

도살 행렬을 펼치는

군사 부대들.

이를 드러내고 히죽 웃으며

날뛴 후,

십자군 회사의

노래들을 판 후,

돌아간 순간은,

고상하고 명확한 표현으로

거짓되게 점멸하는

발뒤꿈치와 엄격한 밀집 행진으로

채워진 시간.

그럼 누가 무엇을 언제 어디서
어떻게 우리는
전염병과 파괴를
가로지르는 웃음진
화소처럼 얇은 입술의,
대량학살의 분노로
채워진 박스 스코어
번쩍이는 치아의,
그 어둠을 "낮"이라고 부르는
대학살과 함께하는
번지르르한 혀의,
단조로운 재잘거림과 원래의 운율을
세심하게 알 수 있게끔
귀를 기울일 수 있을까?

지각 있는 삶의 조건

인간의 조건이란

한 체계에서 다음 체계로 가는 것과

크게 다르지 않으니,

하얀 태양에서 노란색

혹은 빨간색으로… 그 문제에 관한 조건은

외계인도 마찬가지.

부양과 생식을 하며,

놀고 일하고 잔다.

꿈들의 진정제.

악몽 같은 공포의 공유.

모든 그늘과 범주에 걸친

사변적인 상상의

눈부신 반란적 스펙트럼.

우리는 조립하는 법을 배운

조립되지 않은 변덕맞은 심장을 숨긴

동물에 지나지 않으니,

폭풍이 휘몰아치는

투쟁하는 세계를 창조하고,

투덜거리는 영혼들의

고착된 잔소리를

모두 다중 우주로 대체하려 하는.

우리의 이야기, 거짓말, 교리들.

피와 눈물에서 탄생한

우리는 종종 같은 방향으로 내려가니 ——

별의 재질에서 재활용된,

끊임없는 진화를 거치는

세포 사슬과 분자 군집들,

들숨과 날숨,

껍질과 자가당착과

살을 가진 예상 밖의 생물,

인간형의 두 다리가 달린, 외계의 절지동물로.

유령 아내의 저주

상처받고 불안정한

하루를 보내게 하는,

그가 어디에 서 있는지

베일 너머로부터

이상한 요구와 함께

언제 나타날는지

결코 알지 못한다.

판자가 삐걱거리는

소리로 들리는 애인의 발걸음의

실체화는

파멸로 치닫는

그녀의 귀신 들린 집 안

무분별한 한숨들과

다를 바 없다.

그의 우윳빛 하얀 보행이

굳어져

그녀를 부를

어두워지는 시간까지

기다리게 하는,

의미 없는 노력으로,

그가 그녀를 오래 타는 침대,

이른 새벽의

키아로스쿠로chiaroscuro*로서.

그림자를 낚듯

형체 없는 것을 입으려는

흥분 상태로

일어서는 그를 보려고,

비누 거품 같은 연기처럼

문 밑으로

흐르는 그를 보려고,

그녀의 시트 위로

바꿀 수 없는 이상한 패턴으로 말라붙는

그의 엑토플라즘을 느끼려고,

조각된 소매 같은

그녀를 마감하는

그의 침묵의

항상성을 느끼려고,

---

* 색채를 생략하고 명암 만을 나타내는 것을 의미하는 미술 용어.

상처받고 불안정한

하루를 보내려고,

그의 우윳빛 하얀

발자국이 나타날

어두운 시간을

기다리며.

우주인의 나침반

나는 남쪽으로 몸을 실었다…저 너머 별들의 늪지를 지나
　한없는 공간에 걸쳐진
　　은하 남쪽
이 승무원이나 저
　　지나치게 거친 이들
　　혹은 비행하는 1광년이나 2광년 동안
당신이 알고 싶은 것보다 더 이상한
　　그저 이상할 뿐인 사람과 어울려

나는 서쪽으로 방랑하였다…항상 다른 땅에 도착하는
　　　불덩이와 불타는 금속 더미처럼
　하늘에 걸린 무리를 지나
　　연인들이 떠나고 친구들이 바뀐
은하 서쪽
　　나의 이상한 점을 가려내려는
　　하나의 해결책으로…고정된 듯
많은 대답을 결코 바라지 않는
　　외계의 법칙으로 준비된 잔

나는 동쪽으로 비행하였다…지혜로운 영혼들의 말에 반하여

은하 동쪽

  안개 속에 파묻혀 썩어 가는 장관들과

    언어와 쾌락의 세계로서

    치명적으로 낭비되는 문화들과

  과거의 상속인일 뿐인

     녹과 눈의 황량한

      전설 혹은 어머니 세계로

나는 자라며 늙는다…아직 이르지 못한 채

 길들에서 표류하는

  여행 너머

   기준이 되는 틀 없이 고정된

    생명과 토지가 절개된

  하얗게 타오르는 곳에서 빨갛게 타오르는 곳까지

    여전히 터벅터벅 걷는 별의 길과

   지금 내 이름을 부르는 극지의 밤

     늙은 은하

  우주는 방향이 없고

  동시에 모든 방향을 쥐고 있으며

   복사輻射된 가능성의 우물이자

기묘한 모든 것

…그리고 별은 살아있는 자를 위한 것이다

SF의 시[*]

깊은 밤을 거슬러,

상처 입은 은하를 가로질러,

새로운 세계로 사절을 보내,

사람을 본다 —그, 그녀, 그리고 그것!—

빛 속에서 태어나, 빛으로 죽어 가는,

홀로 내일을 대비하며

항상 고향으로 돌아오는

인간보다 더 새로운 종들,

우주들 사이에서 어울리는 외계인들.

몇 번이고, 하늘과 땅을,

바꿀 수 있는 이들.

우리는 별들을 던진다,

노래의 날개에 실어

4천억 개의 별들을.

빛은 공중에서 떨어져,

환상으로 불타는

---

[*] 이 시는 문장 부호 및 대문자 부호의 변화를 제외하고는 전적으로 SF서적과 정기간행물의 제목에서 따온 것이다.(원)

밝은 방향으로,

지구로 내려간다.

밤의 바다에 떠 있는 행성

지구는 버티다, 빠르게 기울어진다.

세상의 가장자리에서 춤을 추는,

지구에서 추방된,

무한의 탐험가들,

아직 풋풋한 기억 속에서

우리는 어제를 다시 불러냈다.

우리는 지구로 돌아가지만

지구의 것은 아니다.

시간의 바람이 부는 곳

푸른 사건의 지평선 너머,

영원한 탐색으로

태양들의 바다를 가로질러

미래가 우리를 그곳으로 데려간 것뿐이니.

어둠이 내리면

너는 그들을 알게 되리라.

이상한 관계. 이상한

기항지. 낙원에서 악몽에 이르는

이상한 지평선.

별들의 대열 속도는

고향으로부터 일만 광년.

네 여덟 개 손들에 담긴

신과 같은 남자들. 경이로운 여인들.

다가올 사물들의 모양.

별들은 우리 것 —— 넘치도록 가져가라!

내일의 창조를 꿈꿔라!

마지막 위험한 환상을 꿈꿔라!

1975

1980

1990

2000

2016

135

나는 엔진을 만든다

그들이 어떻게 끌려왔든 상관없이
전투의 전선으로
나는 엔진을 만든다.

물에 빠진 선원들의 폐,
파도가 휘몰아치는 그들의 마지막 숨소리로
나는 엔진을 만든다.

네가 듣기 전에
피 속에서 먼저 느낄 수 있게끔
나는 윤활유를 아주 질척하게 쳐 엔진을 만든다.

나는 한 마디도 드러내지 않으며
모든 대륙을 휘젓는 엔진을 만든다.

나는 불타는 머리카락과 더부룩한 속눈썹을 한
잡목림에서 연회를 벌이는 엔진을 만든다.

나는 우유와 고기와

유산된 세대에 부어진 정액으로 엔진을 만든다.

나는 가두고 소각하는
자생지만큼 자연적인 엔진을 만든다.

나는 신성모독적이고 수치스러운 고백들,
궁정 창녀들과 야영지 어릿광대들의
웅성거리는 욕정으로 엔진을 만든다.

나는 아버지들의 원죄와
어머니와 아내 들의
소문난 무분별한 행동들로 엔진을 만든다.

나는 네가 잠자는 동안 너의 장화를
전갈로 채울 엔진을 만든다.

나는 순진한 유령들과
솔직한 도플갱어들로
네 꿈을 잭나이프로 찌르는 엔진을 만든다.

나는 상아와 고래 이빨 조각과
유인원의 턱뼈로 엔진을 만든다.

그들이 어떻게 끌려왔든 상관없이

전투의 전선으로

나는 엔진을 만든다.

다락방에 사는 남자

그녀의 가장 좋은 겨울 코트와 장갑.

희귀한 조각상, 헨리 무어Henry Moore*를 모사한,

1943년 취리히의 한정판.

진정제 한 병. 그녀의

요아힘 제인Joachim Zane CD. 이 모든 것들과

지난 주에 잃어버린 더 많은 것들.

그녀는 탁자 위에서, 개봉되고 상한

남은 빵을 발견한다. 쓰레기통에 있는

빈 병과 캔 들과 함께.

냉장고 안 물건들은 재배치되었으며

유리잔들이 더럽지 않은데도 불구하고

우유는 계속 사라진다.

그녀는 그가 어두운 부엌에

---

* 영국의 현대 조각가로 전통 미술에 반발하여 원시성에 바탕한 추상적 작품들을
추구했다.

서 있는 모습을 상상한다. 상자에서
술을 꺼내 마신다. 흘러나오는 빛이

청바지와 맨발에 쏟아지는 동안
한쪽 팔은 열려 있는
냉장고 문 위에 걸친 채.

그녀는 자신이 부재하는 동안
그가 집안을 배회하며, 자신의 편지를
읽고, 옷들을 만지는 걸 본다.

그녀는 머잖아 그에게
뭔가 조치를 취하리라
생각한다. 하지만

올해는 낮이 짧고,
그녀가 꾸는 꿈들은 즐겁고 만족스러우니,
그 모든 게 실제가 아닐지도 모를 일.

기괴한 확인

쉰다섯 살에
나는 내가 알고 있는 게
하나도 없음을
알게 되었다는
실질적인 증거를 얻는다.

척추 엑스레이를 찍고 나니
지압사는 눈을 깜빡이고,
다시 눈을 깜빡인다.
"늑골이 두 개 더 있어요!"
그녀는 나에게 말한다. "그리고 여분의
천골 척추뼈가 하나 더!"

나는 자연의 괴물이다.
피부 밑의 돌연변이.
골격의 초과 달성자.
백만분의 일이자
반쪽짜리 남자.

가슴을 열고

거리로 돌아가,

긴 뼈 두 개를 제거하고,

그것들을 구름 속에 던져 넣는다.

"여자를 두어 명 만들어 줄 수 있겠어?"

나는 말한다. "이브 같고 유혹적인?"

여분의 척추뼈

당분간 갖고 있기로 결심한다.

적어도 그게 실제로 얼마나 신성한지

알아낼 때까지.

초현실 가정 사정

나는 음식 대신 총과 탄약과

자동화 무기들이 비축된

냉장고를 열어.

나는 아내와 사랑을 나누다

그녀의 배꼽이 있어야 할 곳에서

세 번째 눈을 발견하지.

나는 매시간 다른 소리를 내는 시계를 갖고 있지.

때때로 그건 새처럼 노래하네.

때때로 그건 반대로 가는 기차이기도 해.

적어도 하루에 한 번은 투우 경기나 우주선 발사고.

나는 그걸 고치려고 시계공에게 가져갔지.

그랬더니 그걸로 장난치지 말라며 그렇지 않으면 녹아 버린다는

거야.

나는 애완동물을 위한 거대한 벼룩을 가지고 있지.

작은 개들이 그 주위를 뛰어다니지.

내가 TV를 켜면 스테레오 오디오가 켜지네.

내가 스테레오 오디오를 켜면 토스터가 뜨거워지고.

토스터에 썰린 식빵 한 장을 넣으면

음식물 쓰레기 처리기가 먹어 치우기 시작하더군.

나는 이걸 다 외웠어.

매일 바뀌지만.

내 침실 벽장 뒤쪽에는

바닥에서 거의 천장까지 수직으로

거대한 지퍼가 달려 있지.

나는 그걸 만져 본 적조차 없어.

믿어줘.

유리의, 불의, 충분히 규정된 원소들의

유리의 제국,

돌의 왕국,

그리고 불꽃의 공백기가

할럿 우즈Harlot Woods에서 차를 마시기 위해 앉았을 때는

용이 자유롭게 유영하는

안개 낀 세상 끝까지

커다란 환희의 시간이었다.

그렇게 역설적이며

타고난 상위 관리자들이

(신들?) (도그마들?) (논리학자들!)

중요한 공간으로서 맞춰진 환경에서

맞부딪친 적은 없었다.

"이 ㅊ-ㅊ-차는 ㅊ-ㅊ-ㅊ-차가워,"

유리의 제국은 소리를 질렀다.

"내 롤은 ㅍ-ㅍ-푹신하지 않아!"

천 개의 조각으로 부서지고

더듬거리는 선들에 의해

다시 재구성된다.

돌의 왕국은 조용했다.

그는 컵들, 접시들, 은,

그리고 성직자들에게서 촛대를 쓸어

돌출시킨 화강암 하나와 함께

플라스크에서 나온 한 모금을 마셨다.

불꽃의 공백기는

옆에 있는

두 끔찍한 모습들에 비웃음이 터져 나왔다.

그는 뜨겁게 타올랐고, 차갑게 타올랐으며,

자신의 바람대로 거세게

번뜩이며 할럿 우즈를

완전히 불태웠다.

이렇게 하여 시대는

엄격한 혼란으로 마무리될 수 있으니,

제식의 수레바퀴와

정체를 드러낸 대화재,

충분히 규정된 원소들의

주기율표를 따라서.

로보뱀파이어

금발에 야윈,

유연하며 육감적인,

자위할 때 십대 소년의

거친 성욕이 만들 법한

진부한 이미지,

그녀는 어두운 도시를 추적한다

쇠사슬과 가죽을 두르고,

레이스로 장식된 높은 부츠를 신고

그녀를 열망하는 희생자를 모으기 위해.

그녀의 티타늄 골격은

가짜 피부에 싸여 있다.

그녀의 얼굴은

꿈으로 조각된 가면이다.

그녀의 맥박과 호흡,

그리고 그녀의 청록색 음영진 눈에

머무르는 빛은,

보이는 것보다도 더

점점 더 줄어든다.

바쳐진 대부분의 사람들은

성적인 고뇌로

충족되지 않는 마음의

열여섯 살,

그녀의 구혼자들은 수두룩하여,

긴 대기 행렬을 만들고,

전율에 떨며 한숨을 쉬며

머리를 뒤로 젖히네,

그녀의 날카로운 송곳니를 음미하려고.

그녀는 자신의 힘을 채우고

냉혹한 마음에 먹이를 주고

멋진 몸매에 연료를 넣기 위해,

그들의 생명을 빼내면서,

어째서 어떤 이는 자신 곁으로 돌아와

두려움에 사로잡히고,

자신의 마지막 애무에 무아지경에 빠져,

기꺼이 죽음을 맞이하는지

절대 이유를 묻지 않는다.

새벽녘 하늘이 흐려지듯

불타는 핏빛 모서리로

태양이 밤을 잘라내듯

그녀는 종종 궁금해지니,

창조자,

자신을 디자인하고,

만들고 다듬은 이,

그는 어째서 기꺼이,

첫 번째 희생자가 되었는지.

껍질들: 다음 세대

해변에는 조개껍질이 없다.
아이들이 모두 가져갔다.

그들이 번개처럼 빠르게 오가는 모습을 지켜보라.
밴, RV차, 기타 온갖 종류의 자동차,

일그러진 노란색 면에 굵은 글씨로
공적 또는 사적인 기원을 공표한

스쿨 버스에서 폭발하듯 뛰쳐나오는 걸 보라.
깨진 고리와 찢어진 타원 들을 그리며

날고 있는 갈매기의 비행을 깜짝 놀라게 한
밴시*의 아우성 같은 소리를 지르는 아이들.

기회를 차지하려는 탐욕으로
눈빛이 반짝반짝 빛나는 작은 아이들

---

* 울어서 가족의 죽음을 예고한다는 아일랜드 요정.

그리고 우주에서 자신들의 패권이 담긴

종종 거만하게 자기 잇속만 차리는 확언으로

오므려지는 입들.

모래 속으로 극소수 단위까지

무너지고 가라앉는 팽창된 몸으로,

날카롭고 작은 주먹을 움켜쥔

자기 자식 혹은 호기심 강한 반짝이는 노획물의

사나운 욕망을 억누르기 힘들어 하는,

어른들은 천천히 따라온다.

자신들의 지속적 생식에 의해 유발된

열기와 무기력감에 압도된,

그들은 다음 세대를 위해 생존한다.

풍화된 이마에 헐렁한 모자를 쓴

해 질 녘 외로운 해변 부랑자는

짓밟히고 버려진 해안선을 어슬렁거린다,

그의 조개껍질 수집은 완성과는 거리가 멀고

이제는 완결될 가망조차 없다.
빠르게 꺼져 가는 지평선 빛 속에서

때때로 무언의 강렬한 빛을 낼
나뭇결 무늬만 볼 만한

산산조각 난 잔해들 몇 개만 찾아낸다.
그는 내일은 새벽에 일어나야겠다고 맹세하니,

소금물로부터 신선한 희귀품을 발견했다고 주장하기 위해,
맹습하기 전 길고도 고된 여행을 시작하려고.

하지만 기실 그는 가정적인 남자이고,
자기 자식들에게 오래 시달렸다.

날이 저물기 전까지 단 한 번의 탐색 시간도 없을 것이며
껍질은 사라지리라.

당신의 로봇 개가 말을 듣지 않는 이유

당신은 개에게 너무 많은 볼트와 너트,
충분치 않은 리벳*을 먹였다.

당신은 개에게 옆집에 사는 도베르만을
죽였다고 꾸짖었다.

당신은 항상 개를 무시하면서
그럼에도 불구하고 상호간의 즐거운 애정을 기대한다
기이하게도 가장 안 좋은 순간에.

개는 사르트르를 너무 많이 읽었다.

도통 설명서를 찾을 수 없으니
개의 가슴에서 갑작스럽고 끈질기게 깜박거리는 빛은
당신에게는 아무 의미가 없어 보인다.

잔디 깎는 기계에 꼬리를 잃어버린 이후
개는 더 이상 예전 같지 않다.

---

* 대가리가 둥글고 두툼한 버섯 모양의 굵은 못.

그는 로봇 고양이와 대화하고 있는 중이다.

K.의 파일 캐비닛

살아있는 존재와
21세기의
복잡한 문제들에 대해
조금도 말해 주지 않는
160개의 채널들.

똑같이 말도 안 되는 소리를 쏟아내는
라디오나 인터넷에서,
겉만 번지르르하고 섹시한 스타일로
더욱 더 흥미롭게
다음 세대를 위해 재활용되는
오늘의 뉴스와 위선적인 기도문.

아이들에게 매력적인
그 초라한 줄거리에
죽음을 장식해 놓으면
늘 열렬한 무리를
유입시키며 즐겁게 만들 수 있다.

패션 전문가들에 의해 다듬어진,

우리 모두를 위해 대량 생산된

줄거리를 꾸며 놓으면,

요람부터 무덤까지

중죄들을 덮을 수 있다.

뒤집힌 낡은 사무실

마지막 서랍 어딘가,

혹은 버려진 옷장

뒤쪽 선반에 걸린,

때를 기다리는

완비된 문서.

아마도 문서는 아니고

콜라주나 비디오.

그런 숨겨진 창작물

수천 개가 있을 수 있으니

용접된 폐품 조각상들,

록 소나타들, 유화들,

아직 다듬어지지 않은

악기를 위한 습작들.

가장 용감한 자

그리고 예리한 표현조차도

K.의 파일 캐비닛 안에서

곰팡이 슬고 영원히 썩을 수 있다.

심지어 가장 영리한 개라도

끝없이 밀려드는

영원한 물줄기를 마주한

다리를 건너지는 못하기 마련이니.

도시와 별들

도시는 개의치 않고 거기에 있으니,
거대한 자만심으로,
거지의 눈초리처럼 단단히,
마천루의 이빨처럼 날카롭게.

도시는 권력이 넘친다.
신용 또는 현금으로 청구한다.
전자는 자정을 향해 질주한다.
엔진은 과거에 불을 붙인다.

도시는 피하고 숨겨 주는 것들로
항상 웃고 있다.
도시는 빵집처럼 부유하며,
핏자국처럼 가늘다.

도시는 곤충처럼 작지만,
그를 품은 생명처럼 막대하며,
신호등처럼 우주를 표류하고,
세월과 쇠퇴에 사로잡힌다.

빛과 어둠을 그대로 받는

도시는 무척 지구적이다.

네온 태양들에 가려진,

별들이 꼼꼼히 배경을 채운다.

보리스 칼로프Boris Karloff*의 프랑켄슈타인에 드러난 달리의 자아

확실히

연약한 짐승.

천사들과 분노로 가득하다.

그의 나약함은 맛있다.

나는 그를 다르게 만들 것이다.

팔다리를 획일적 풍경을

가로질러 뻗게 하고,

목 혹은 몸통에서

큰 놀기가 나오게끔 한다.

그의 고집 센 망설임으로

똑바로 세우기 위해

목발이나 두 발을 준다.

나는 그에게 색채를 부여하고

그의 표정이

---

* 영국의 영화배우이며 1931년에 발표한 영화 「프랑켄슈타인」에서 프랑켄슈타인의 괴물 역을 맡아 유명해졌다.

슬피 끓어오를 때까지
완전히 흠뻑 적시리라.

나는 미치거나 아니면
상상이나마 할 수 있는
어떤 과학자보다도
더욱 아름답고 끔찍한
형상을 만들리라.

나는 달리다. 예술가.
장구한 상상의
심벌즈를 때리고 있는.

그들의 눈 드러내기

달리는 결코

고흐처럼

별빛 밝은 밤을 바라보지 않았다.

고흐는 결코

달리처럼

비밀스러운 생활*을 바라보지 않았다.

하지만

그들의 캔버스에

겹겹이 칠해진 페인트 칠이

드러내는

불타는 기린 눈들

해바라기.

---

* 살바도르 달리가 쓴 자서전 제목.

종이접기 로켓

그들은 달에 떠다닌다
종이접기 로켓을 타고.
어린 시절의 환상으로부터 온

우주 비행사들.
달에선 푸르른 사과 같은
냄새가 난다.

그들은 자유롭게 걷는다
달 표면을
헬멧이나 우주복 없이.

그들은 도시를 건설한다.
가게와 집 들.
학교와 도서관 들.

많은 무료 주차와 함께하는
거리 시장.
그리고 달 사람들이

그곳에 살려고 온다.

동굴과

크레이터에서 위로 올라.

이 온화하고 졸리운 경주.

우리의 꿈을 짊어진

딱 맞는 종류.

블루곤 보이Bluegon Boy 이야기

스웨버튼Sweverton의 근엄한 무리가 결정권자들을 만나려
　　　　휩쓸고 지나갔다.
결정권자들은 발톱을 달고 가발을 썼으며, 그들의 권력은 세상을
　　　　지배했다.

"들어봐!" 블루곤 보이가 이글이글 타는 눈을 부릅뜨고
　　　　외치니,
"스웨버튼의 폐허와 클라인cline*에선 개들이 달리며
　　　　짖고 있어.

"그리고 공작새들이 멈춘 밴 글로워Van Glower 길을 따라
　　　　맹폭이 있었는데도,
신사 숙녀 여러분, 모두 우아하게, 허울만 그럴 듯한 자존심을
　　　　입고 있지.

"똑바로 들어!" 고통스럽게 외치는, 목소리는 야생 고양이처럼
　　　　터질 듯했으니,
"침대에서 아니면 쇳덩어리에 맞아 죽을 수 있지만, 절대 우리를

* 지역적인 연속 변이.

타지는 못해."

그들은 쇠사슬로 블루곤 보이를 누르고, 스웨버 게이트에 바짝

　　　묶으니,

밤의 할로우 포인트hollow point와 낮의 더러운 총소리들이 내내

　　　울려 퍼지는 곳.

멍든 검은 구름 아래 그는 혀가 마를 때까지

　　　매달려 있었다.

래비드ravid 무리와 그들을 닮은 부류들은 공포의 시간이 왔음을

　　　알았다.

그래서 우리는 밤낮으로 피의 꽃들이 피는 동안 운명적으로

　　　분투하고,

선택된 지구의 절반은 자신들의 고매한 권리를

　　　낭비한다.

그래서 우리는 거짓의 똥더미로 만들어진 공예품을

　　　꿈꿔야만 한다.

스웨버 광장Swever Square에 밴 악취는 우리 삶에서

　　　아무것도 아니다.

악천후

날씨처럼

중력이 변했다면,

파도와 계곡 들이

위아래로,

지구를 감싸고,

우리가

1인치도 움직일 수 없는

그런 날이 있었을 것이다.

우리는 속수무책으로 누워,

쏟아지는 비로

천천히 돌아가는

지구에 묶여서

호흡과 움직임

둘 다 제한되었을 것이다.

우리에게는 그런 존재로서의

자연을 고려할

시간이 있을 터이니,

폭풍의 끝과

마치 날개가 있는 것처럼

도시와 숲을 가로질러

새처럼 날게 할

그 완벽한

깃털을 가진 나날들에 관한

몽상으로.

그늘진 빛

-매기Maggie를 위하여

은하표준국Galactic Bureau of Standards의

예보대로

신성新星들의 섬광 너머,

장식용 공예품들 속

우주먼지를

쓸어 모으는,

마젤란 성운의

그늘에서,

우리는 우리의 달변과

대담한 상상력으로

나누며 개선된

세상을 선택하리라.

고스트 피플Ghost People

만약 고스트 피플의

세상이라면

우리는 생명을 찾아

텅 빈 고속도로를

배회할 것이다.

우리는 사람이 떠난 집들의

벽을 뚫고

이동할 것이며

버려진 침실들에

나타날 것이며

사람보다 훨씬 못한 방법으로

실제 세계의

물건들을 건드려

부엌을 간략하게 정리할 것이다.

우리는 흐트러지기 시작한

수 세기에 걸쳐

파멸에 이르는 도둑질로서의

인간의 탁월하게 교활한 계략을

볼 것이니, 깨진 바닥에

금이 가 곧 황무지가 되어

사라진 고속도로,

돌무더기가 되어

무너져 내리는 도시들이 있었다.

우리는 변화하는 기후에 관하여

생각하는 법을 배울 것이나

예상할 수는 없었으니

몇 달도 몇 년도 아닌

천 년이 지나리라는 걸.

우리는 성자聖子가 현현할 때까지

새로 나타난

번성하고 진화한

이상한 종들을 쫓을 것이다.

우리는 지구가

바스라져 납작해지고

바다가 지워지는 광경을 볼 것이다.

태양이 빨갛게 타오른 듯

모든 추억과 함께,

우리는 죽어 가는 바람보다

더 크게 울부짖으리라.

나이프 피플Knife People

만약 나이프 피플의

세상이라면,

우리는 모두

"맥Mack"이라고 불리리라.

이럴 것이다.

"맥, 이걸 썰어."

"그걸 두 조각으로 잘라, 맥!"

"맥, 이 구멍을

네가 만들었니?"

만약 나이프 피플의

세상이라면,

찢어진 커튼들과

구멍들

녹색 수확물과

피로 물든 벽들로

채워질 것이다.

당신이 날카로울 시절이라면

잘라야만 한다.

아틀란티스의 빈민가

-G. 서튼 브레이딩G. Sutton Breiding*을 따라

아틀란티스의 빈민가는

다른 빈민가와

다르지 않다

(완벽한 조화의

완전한 그늘 속에

있는 걸 빼면).

아틀란티스 빈민가의

거리의 개들은

여느 다른 개와

다르지 않다

(철인왕哲人王의

자신만만한 토론을 위해

빼앗긴

그들의 짖는 소리를 빼면).

아틀란티스 빈민가의

거리 시궁창에

---

* 미국의 SF시 작가.

닿는 물은

여느 다른 물과

다르지 않다

(대리석 콜로네이드들,

신성한 조각상들,

그리고 지고의 아름다움으로 만들어진

티 없는 저부조低浮彫들로부터

흘러 내려오는 걸 빼면).

아틀란티스 빈민가의

길거리에 늘어선

금방이라도 무너질 듯한 집들 안에서

살아가고 죽는 이들은

여느 착취당한 종족과

다르지 않다

(결코 성취하지 못할

숭고한 유토피아적 이상을

올려다 봄으로써 만들어지는

사나운 생각과

시뻘겋게 달아오르는 눈과

뒤틀리는 목을 빼면).

상대적 전성기의 차원 이동

테다Theda가 열한 개 행성들에서

한가한 생활로

빠져들었을 때,

그녀는 자신이 지켜 내야 할

외계인으로서의 기회에 관해

아무런 생각이 없었다.

지구로 알려진

즉각적으로 머무르는 여정의

끝에서.

우글거리는,

그들 속에서

그녀는 인간으로 남았다.

그녀는 별의 왕국이 제안한,

상대적 전성기의

급가속과

차원 이동이라는

확실한 행복을

놓쳤다.

9-4-3의 날씬한

세 다리 모두,

그들 종족의 화려한 기교와 밀접한 관계였건만.

언젠가 그녀는

그녀의 아이들의 아이들에게

어떻게 하면 이 세계에서 저 세계로

성변聖變하여 여행할 수 있는지,

우주의 대가代價는 무엇인지 가르칠 것이다.

이야기 속에서 그녀는

자신이 행한 탈선의

규칙과

뒤이어

부정할 수 없는

자아의 정의를 변경할 것이다.

자신의 과거와

경솔하고 무분별한 행동들을 조명하여,

의심의 여지 없이

별은 불꽃임을

증명하리라.

푸른 복제체의 환상들

그녀의 첫 번째는
첫날 밤에 내게 왔다.
그녀는 블루스를 부르는
신비한 여인이었다.

그녀의 두 번째는
둘째 날 밤에 내게 왔다.
그녀는 다른 누구와도 다른
과거가 있었다.

그녀의 세 번째는
셋째 날 밤에 내게 왔다.
그녀는 밝고 쾌활했으며
생명을 만드는
불길로 가득했다.

그녀의 네 번째는
넷째 날 밤에 내게 왔다.
화재는 대참사였다.

푸른 비가 내렸고

우리의 나무 방주는

암석 곳에 자리 잡았다.

그녀의 다섯 번째는

다섯째 날 밤에 내게 왔다.

우리는 연인처럼 포옹했고,

흠뻑 젖은 사막 저 멀리

둥지 속 독수리들 같았다.

그녀의 여섯 번째는

여섯째 날 밤에 내게 왔다.

우리는 별의 길로 들어갔고

그녀의 푸른 태양을 향해

빛보다 빠른 짧은 여행을 떠났다.

우리 육체의 푸른 우주를

본따 형성된

푸른 시트들 사이에 놓인,

우리가 쉰 6 더하기 1

일곱 번째 밤에.

캣 피플Cat People

만약 캣 피플의

세상이라면

우리는 민첩하게 부드러운 털로 된

짝짓기를 할 것이다.

우리는 길가를 따라

살금살금 움직이고

가로질러 달려가기도 할 것이다.

만약 캣 피플의

세상이라면

우리는 바다를 막는

벽을 쌓을 것이다.

우리는 낮에

잘 것이며 밤마다 우리 도시의

근거지와 높은 곳을

떠돌아다닐 것이다.

우리는 우리가 선택한

경기장에 산 채로

살코기를

배달하게 할 것이다.

우리는 축제를 열어

즐거워 할 것이며

우리 유희로

죽음의 은총을

찬미할 것이다.

만약 캣 피플의

세상이라면

오 우리는 얼마나 그르렁거릴까!

필요 없다

광산이나 하천을 굴착할 필요는 없다.

보석과 귀금속은 선택된 파라오들의 목 위에 걸쳐져 있다.

문명의 요람에서 나온 보물들을 수확하거나
황금의 부패물을 조각할 필요는 없다.

유물이 있는 곳에서 그것들은 퇴적된 먼지 속 진흙으로 버려진다.

별의 규모를 등록하거나 얼음 봉우리들을 정복할 필요는 없다.

상상력의 넓은 도약은 간헐적으로 상승하고 쇠퇴하는 네 열정을 사로잡는다.

순위표로 네 압생트와 안티테제의 기록을
문서화할 필요는 없다.

검은 강을 가로지르는 뱃사공과 돌연변이 개가 네 욕망을 데리고 갔다.

생존자들에 의해 불구가 될

기념비적인 상징을 위해 가대架臺들을 인양할 필요는 없다.

메추라기 입에서 도마뱀을 떠올릴 필요는 없다.

노새의 딱딱한 허리를 따라서 깨달음을 얻을 필요는 없다.

꿈의 자각은 이미 틀에 박혔다.

기억의 폭풍우를 무릅쓰며

네 정맥에 가벼운 금이 가는 걸 느낄 필요는 없다.

시간의 그림자는 네 머릿속 조화와 밀도를 고정시키려고 손가락들

사이를 문지르는 천이다.

머리카락과 뼈가 쌓인 곳으로부터 전설이 나올 필요는 없다.

아니면 묻혀 있던 돌로 된 시체가 한번쯤은 파내질 수도 있다.

시인 전사처럼 싸웠다

늦대인간의

이빨처럼

굵다.

은하 간 비행처럼

불확실하다.

상승세를 탄

기업사냥꾼이 보낸

이메일처럼

날카롭다.

허리케인 생존자처럼

궁핍하다.

무장강도에게

부상당한 피해자처럼

상처 입고 무감각해졌다.

영화적 아이콘이 나오는
상상된 막간처럼
감각적이다.

21세기의
도덕적 조건처럼
들끓는다.

생존자의
자동 무기와
면도칼처럼
이의를 제기할 수 없다.

적을 죽이는 일과
그 역설적 문제들처럼
달콤하고도 역겹구나.

그의 혈관을 흐르는 노래와
손에는 피를 묻힌 채,
시인 전사처럼
싸웠다.

디스토피아적 황혼

만약 그 일이 커튼이 휙 떨어지며
빛을 완전히 덮듯
단숨에 일어났더라면,

만약 그들이 갑작스럽고 눈부신
칼날의 빛과 함께
우리의 선택을 끊었다면,

혹은 여느 포탄에 담긴
휘파람 소리 내며 날아가는 폭발물로
우리의 삶을 평등하게 만들었다면,

만약 그들이 자신들이 옳다고 주장한 모든 것에 관해
우리의 환상을 좁히는, 맹인들을 우리
눈 앞에서 때렸다면,

우리는 경보를 울렸을 것이며,
항의하고 소리치며
투지를 불태웠으리라.

하지만 우리 삶에서 유대감을 강화시키는

나사의 회전들은

매우 미미해졌고,

우리는 우리 시야의 한계와

잃어버린 자유를

거의 알아차리지 못했다.

이제 우리는 모든 고양이들이 검은색 혹은 흰색인,

그리고 파시스트의 밤을 예고하는

태양의 마지막 한 줄기 광선

그대로의 반영

짙어가는 황혼의

그림자 속에서 기다린다.

가고일 피플Gargoyle People

만약 가고일 피플의

세상이라면,

미의 기준은

오늘날과는

크게 다를 것이다.

감시자의 눈

기괴함을 숭배할 것이며,

기형을 흠모할 것이며,

소름끼치는 것에 기뻐할 것이다.

우리는 꿈쩍하지 않고

한 번에 몇 시간씩

가만히 서 있을 것이며,

눈도 깜빡이지 않고,

다른 어떤 이를

빤히 들여다보며,

전 세계를 볼 수 있다는

우월감으로

굳건한 분노와

불굴의 공포를 억누를 것이다.

태양의 그림자들

또는 달이

정으로 쪼아 만들어진 우리 얼굴의

선과 면 들을 지나가며,

흉터를 옮기는 듯한

본그림자와 반그림자,

우리는 빛과

그 부재하는 기원으로서의

흉측한 키아로스쿠로를

축하할 것이다.

비는 우리의 표현을

더 어둡게 만들 것이며,

우리의 모습을 매독처럼

흐트러뜨리며, 탁한 개울로

더럽혀진 우리 입술과

입에서 토해내진 것처럼,

급류가 도는

우리의 구멍들을 통해

흐르며 천국으로부터

오물을 흘려 보낸다.

그리고 바람이

우리의 균열과

틈을 괴롭혀 휘파람 소리를 내고

격분한 우리의

돌 움푹 패인 곳을

통해 튕길 때,

음악은 우리를 사납고

사랑스럽고, 충만하게, 미쳐 버리게끔

만들 것이다.

마지막 연금술사

물리 법칙이
세상에 못을 박고
완전히 봉인했을 때,
흩어진 마지막 분자와
반군으로서의 원자,
심지어 매력적이고 기묘한
쿼크조차
균형 잡힌 아침 식사로 올라오면,
존재론적 질문은
점점 케케묵은 게 되리라.

통일장 이론이
애석한 추측이 아닌,
명료한 사실이면,
기준 금속을
황금빛으로 바꿀 수 있는
가장 희소한 기회조차
더 이상 없을 것이며,
형이상학은

자기 전 하는 게임보다

더 줄어들리라.

마지막 진실이

서명되고 전해졌을 때,

최후의 연금술사는

타오르는 불꽃처럼 깨끗한

급류 부근,

여전히 녹색으로 번창하는

새떼 숲으로 물러나리니,

깊은 승화 속에서

연인의 눈길처럼 맑게

이미 오래 전에 헤아렸기에.

1975

1980

1990

2000

2016

일상

용설란의

장엄한 개화는

뚜렷한 암술과 수술,

순수한 노란색과

얼룩진 크림색 꽃잎을 드러낸다.

나는 너를 사랑할 거야, 라고 그녀는 말했으니,

속박된 분노 속

이드id를 사랑했던 프로이트처럼.

나체로 비스듬하게 기댄

피타고라스의

진실성을 의심하며,

불투명한 수욕獸慾으로 표류하는,

내 뇌의 턱니.

핵 신비주의자들의

예술을 암살하는

내 펜의 뒤꿈치 스탬프.

나는 너를 사랑할 거야, 라고 그녀는 말했으니,

진화를 사랑했던 다윈처럼.

모든 것은 변한다.

한기가 드는 순간

부드럽고 소름끼치는

건축술의

혐오스럽게 울리는

최종 결과가 드러났다.

!

편집증적 평가에 의한

식인 제국주의의

황홀한 이해력.

복숭아 같은 널 잡아먹을 거야,

그녀는 말했다, 매주 일요일에

하늘 어두운 아침에 먹겠어.

그날 오후 늦게

원형 온실에서는

예민한 미모사mimosa를

괴롭혔으니,

그 후,

그는 아침의 유령과 함께

페퍼민트 차를 마시게 되리라.

도마뱀과 바람

도마뱀은 어디에나 있었고
바람도 그랬다.
그 고된 봄
그들 중 어느 한쪽도 오지 못하게끔
할 수 있는 방법은 없었다.

아무리 빨리
문을 닫아도,
그 고된 봄
도마뱀과 바람은
안으로 미끄러져 들어오곤 했다.

비인간적인 속도로
마루 위를 쏜살같이 달려가는,
너 같은 포식자
숙련되지 못한 인간에게
그들은 너무 빨랐다.

도마뱀들은 마치

레밍떼가 돌진하듯

낭떠러지를 맹목적으로 달려갔다.

그들이 안에서 살아남을

방법은 없었으니까.

너는 결국

그들의 시체를 찾아낼 것이니,

죽어서 바싹 마른 채,

책상이나 안락의자 밑에서.

그리고 한번은 침대보 밑에서,

마치 화가가 거기 놓아둔 듯

조심스럽게

너의 시트 한가운데서 발견됐다.

하지만 그 고된 봄

바람은 결코 죽지 않았다.

초현실주의 소원 목록

프로펠러가 달린 성배.

일본원숭이의
무수한 폭소.

우주적 착취의
가역적 사진.

돌로 된 정원의
그랜드 피아노.

0을 표현한
로마 숫자.

발화 장치들의
끝없는 선택.

일루미나티가
즐겨 쓰는 모든 암호들.

매일 땅거미 질 무렵 울려 퍼지는

세 개의 맑은 종.

파란 눈의 성chateau.

1953년 미국 미들타운

들판은 마르고 여윈,

초록보다 갈색에 가까운 땅.

봄은 일말의 저항도 없이

여름으로 표류하고 있다.

비는 오지 않는다. 하늘은 약속해 주지 않는다.

뜨거운 오후의 중앙 도로변을 따라

축 처진 타르지紙 지붕 아래

노인네들은 그늘에 앉아,

떠들며 맥주를 마시고 있다.

아이들은 자전거로

인적 드문 거리를

탄산음료를 마시며,

오르내린다.

몇몇은

자신들의

바퀴살에

플레잉 카드를 끼웠다.

가게 앞 창밖에선

간헐적으로

탁탁탁 소리가 울린다.

차는 지나갈 때마다

아이들에게 경적을 울리고,

메아리 또한 울린다.

해 질 녘 몇몇 노인들은

집으로 돌아갈 수 있게끔

그들의 아들 혹은 딸이 돕거나

누군가가 수고해야 했다.

누군가는 밤을 새우니,

텅 빈 하늘의 그릇

별 흩뿌려진 아래

비를 기다리는 쓸모없는 약속과

과거를 꿈꾸며.

도시 전체에 걸친

대기는 여전히 돌처럼 고요하다.

불어온 산들바람은

첫 호흡에

순식간에 사라지니,

마치 동네 식당

요리사가

그 위에 뚜껑을

꽉 닫은 것처럼.

상대적 가중치 및 측정

나는 너를 교환하려 하니

금 1파운드를

100파운드의 깃털로.

부가티Bugatti 경주에

야드 자를 쓰면

휠베이스wheelbase는 더 짧아진다.

진통제 1쿼트 반은

슬픔의 일곱 모금에

잠기게 만든다.

나의 무의식은

10갤런짜리 모자를 쓰기에는

지나치게 큰 것으로 판명된다.

나는 너를 교환할 것이니

AK-47이 실린 보관함을

버터 300파운드로.

그리고 자신의 머리카락이

허리보다 길게 자랄 때마다

그녀는 가위를 잡으려 손을 뻗는다.

일몰 경계선의 횡적 일식

기분 나쁜 중재인의

서투른 메스

아니면 그의 정부의 팔 깊은

살에 음각 무늬를 새길 수 있는

최근 공개 조사에 위임한 면도칼들을

절대 믿지 않는,

그는 함대의 협력과

얼룩진 젊음의 병치를

어찌 상상할 수 있었을까,

투르Tours*의 긴 황혼 동안

그 순간의 찌는 듯한 더위 속

진실한 유산으로서,

식후의 에스프레소와

뜨거운 버터를 바른 크로와상

붐비는 호텔 발코니

---

* 프랑스 서부의 지역명.

대리석 테이블 위에서 식어 가고,
촛불은 흩뿌려져 있고
은은하게 타는 담배 끝
그림자들을 괴롭히는
알아들을 수 없는 목소리들만이,

하늘의 옷장에 불을 밝히고,
아틀리에로 돌아가는 동안
너는 무시된 삶들과
숯과 장미의
냄새를 풍기는 한 다발

건방진 보졸레 와인으로서의
여름을 빌렸으나,
아름다운 미친 시인이 있을 때
저녁 식사 후 마시는 술로는
사려 깊지 못한 선택이었으니,

국경선들을 가로지르는 출발선으로
이뤄진 일몰의 경계와
성령의 여행에
더 제한을 두길 요구하는,

번들거리는 국회의사당의

높은 문들에서 처리될
입법부가 더럽혀지지 않은 동안,
너의 귀에 신화적인 시를
속삭이길 기다리는 신비주의자,
한창때의 랭보.

누아르 피플Noir People

누아르 피플의 세계였으면

우리는 구불구불한 밤거리와

그림자들이 지나다니는

도시의 잔혹한 골목들을

영원히 배회하며,

인도를 가로지르는 잔물결을 일으키며

버려진 빌딩들

어두운 전면에 비친

우리의 그림자들,

가로등 기둥에서

다음 가로등 기둥으로 이동하면

앞과 뒤에서

부풀고 움츠러든다.

누아르 피플의 세계였으면

미묘한 회색빛 차이들

다양한 그림자들에 의해

대체되고

색은 우리를 버릴 터,

색채의 세계에서는 보이지 않는

극명한 키아로스쿠로의 대비.

우리는 싼 호텔 또는 공동주택

주거지들에서 살 터이니,

술을 쭉 들이키며,

우리 입가에

냉소적인 미소를 쪼갠 채

염세적인 농담을 말하며.

누아르 피플의 세계였다면

유예 없는

죽음 급히 올 수 있으니,

── 확 타오르는 총알의 불길,

고향으로 보내주는 나이프의

달빛 번쩍이고 ──

우리의 피는

축축한 포장도로에 쏟아져

밤의 색채에

지나지 않게 되리.

입자물리학의 음악

은 절대적으로 상대적이며,
정밀하고 미분적이고,
직선적이고 곡선적이다.

당신이 더욱더
조심스럽게
그 점진적인 화음과
계산된 화성학의

진행을 들을수록,
미립자적이고 공상적으로
발전하는 소리의
난해한 파동들,

기이한 음과
기이한 울림과 함께,
당신이 과연 참석해야 했는지
참석하지 말았어야 했는지
헷갈리기 시작한,

붐비는 파티에서

떼 지어 있는 낯선 사람들로

꽉 찬 방,

아무도 주인을

찾거나 너에게

전채 요리가 정확히 무엇인지

말할 수 없는 곳처럼.

미래에서 온 관광객

"시간여행이 가능하다면 미래에서 온 관광객들은 어디에 있는가?"

−스티븐 호킹, 『시간의 역사』

그들이 우리에게 갑작스레 나타난

세상은 우리에겐 보이지 않는다.

그들은 왔다가 가버리고,

통로의 흔적을 남기지 않으며,

매번 그들은 우리 세상을 바꾸고

우리 기억도 동일하게 바꾸니,

꼭 우리 삶을 바꾸듯.

우리는 소설이나 영화 대본일지니

각각의 행동이나 장이 바뀔 때마다

불확실한 비전과 수정이 이뤄지고,

변덕스러운 과거처럼

모든 빗나간 순간들을 진짜처럼 믿게 되니까.

분노한 구름 너머에

선동 정치가 새벽을 만들었을 때,
준비된 웃음 속에 치아가 드러나고
&우리의 손바닥이 가죽 장갑을 꼈을 때,
트럭이 굴러가기 전,
군중이 피의 함성을 외치고
&길거리에서 울부짖기 전,
언어가 무너지기 전,
깃발은 진흙탕에 빠지고
&하늘은 불길에 휩싸였다….

그때는 전쟁 퍼레이드,
군단&선동 문구의
나날이었다.
우리는 각자 소용돌이 꼴 지문으로부터
바람을 탄 깃발처럼 팽팽한
사고의 세계들을 주조했다.

그때는 침대 위로는 날아다니고,
시트 밑에선

자연스러운 음모가 피어난

밤들이었으니,

태양의 첫 햇살 속에서

우리의 무기들은 연결되고 준비된 채였다.

이제 비행술은 사라졌고,

무기는 바다 속에 빠졌고,

대중은 폭도가 된다.

이제 우리의 흔적은

재의 비로 얼룩졌고

&광기의 꽃잎이 불꽃을 튀긴다.

빽빽한 종대가 지나갈 때&

끝없는 대열로 지나갈 때,

폭력이 벽들을 무너뜨릴 때

&밖에는 더러운 눈이 내리고,

산산이 부서져,

우리는 더 이상 확신할 수 없었다

분노한 구름 너머에

천국이 남아 있을지.

그녀는 왕을 기쁘게 하기 위해 노란 옷을 입고 걷는다

-로버트 W. 챔버스 『노란 옷 왕 이야기The King in Yellow』를 따라

피투성이 궁전seraglio에서

어떤 계급의 매춘부보다 더

왕을 섬기는 그녀.

거듭 미쳐 버린

그의 욕망 어린 부푼

필라멘트를 섬기는 그녀.

그녀는 금과 분노와 냉혹한 사망자 명부로 만든

노란 새틴을 입고 걷는다.

절단된 악당들에게

지정된 밀회와

끌어내려진 추행

비틀린 사랑인 그녀.

한때 앤티텀Antietam*을 마음껏 먹어 치웠던

반짝이는 눈을 가진 그녀.

---

* 메릴랜드주 워싱턴카운티에 있는 자치구로 남북전쟁 당시 북군이 남군의 진군을 차단하는 치열한 전투가 벌어졌으며 미국 역사상 단일 전투로는 가장 많은 23,000여 명의 사상자가 발생했다.

그녀는 오래된 퇴폐와 부패의 향기가 나는
노란 옷을 입고 있다.

쇠락한 예술가들의 꿈에서
구역질과 천사들의
비명 소리를 만드는 그녀.
곤충, 오줌, 플라스틱의
물줄기를 배출하는 그녀.

광기와 죽음으로 흥분한,
그녀는 노란 비단을 입고 유혹한다.

바싹 마른 노란 사막의
달아오른 노란 정글에,
탄화수소로 된 일몰에,
폭격 지역과 버려진 무덤 들의
갈라진 노란 흙 속에
본질을 담은 그녀던가.

금발 머리카락 창백한 베개에 두터이,
그녀는 노랗게 잠든다.

억압

나는 도시의 기계 위에
상자를 내려놓았다.
그것은 씹혀서 사라졌다.

나는 태양이 비치는 곳에
숄을 던졌다.
그것은 바싹 타버렸다.

나는 달 둘레에 틀을 끼웠고
달은 그 경계를 지나
유쾌하게 항해했다.

나는 나의 이상한 욕망에
쇠사슬을 감아
리본처럼 착용했다.

나는 동물처럼
불협화음을 우리 안에 가두었고
그 창살은 구부러졌으며

야생으로 탈출했다.

나는 카프카에게 수갑을 채웠고,
순찰차에 밀어 넣었으며 그는
자신의 재판 내내
웃음을 멈추지 않았다.

초현실주의 커플

그들은 칠성장어들로 싸인
오목한 비행기에서 만났다.

그의 다리가 세 개였을 때
그녀는 입이 두 개였다.

그들은 돌이 된 바실리스크의
기묘한 서까래에서 살았다.

그는 정신 나간 오믈렛
기술자가 되었다.

그녀는 아나콘다를 매일 씻겼다.

그는 약약강격anapestic의 신들을
제거하겠다고 맹세했다.

눈에 보이지 않는 문신으로 덮인,
그녀는 신참들을 위한 시간이 없었다.

그들의 아이들은 잔인한 정원으로

모두 미끄러지듯 나아갔고

아름다운 질병이 되어 돌아왔다.

불멸하는 죽은 자들의 유혹

음산한 그림자들로

억눌린 세상,

거리와 집들

이동하는 본그림자들과

빛이 거의 남지 않은

반그림자들로

완전히 덮였고,

색이 빠져나간

흐릿한 하늘 아래

어둠에 묶인

들과 숲,

희미한 환영들은

배우와 제작진이 죽은

무성영화에서의

돌연한 움직임으로

224

너의 망막 안 극장을

가로질러 깜빡거릴 수 있으며,

너의 꿈속을 가로질러

터벅터벅 걷는

모양으로

반복적인 행동에 빠진,

현명하게 햇빛의

현실성을 시험하며,

어쩌면 죽음 너머에 존재할

무감각한 반생의

무시무시한 왕국으로

너의 마음을

준비시키는,

그들의 산책로에서

음울한 침묵과

발작적인 반복으로

자신들과 합류하라고

너에게 손짓하고 있다.

70대의 플래시백

컬트 예술 영화를 상영하는
심야 영화관에서 나와
우연히 만난
축축한 자스민향 어둠
가득한 보도 카페들과

창백한 불안의
독소 섞인 수수께끼와
잃어버린 실존적 사랑에 관해
모노크롬적으로 조용히 잡담하던
컬트 배우들,

만灣 옆 대도시에서
안개 자욱한 아침으로 변한
나의 오래된 생각,
유년 시절 과테말라 고지의
돌로 된 기울어진 거리와

도망치는 덩굴손들을

돌아다니던,

안개 속에서 솟아 나오는

때이른 차량들의 흐릿한

헤드라이트와 환히 빛나는

금빛의 대교,

내일 카멜레온으로

나를 바꿀 수 있는

환상적인 괴물과

어떤 전설처럼 화려하게 빛나고 있다.

시간 쪼개기

사진 찍기와
직사각형에 갇힌
시간의 순간
조각을 가두다.

동영상 촬영과
과거로부터의
시간의 순간
가닥을 잡다.

난초를 보기 위한
비디오 속도 향상
단 몇 초만에
꽃받침에서
꽃 활짝 피고,

혹은 단조로운 색 고치로부터
갑작스럽게 터져 나온
놀랍도록 선명한 색

제왕나비의

구겨진 날개.

달리는

서러브레드의

근육질적 우아함

또는 사람 얼굴의

움직이는 근육들이

가로지르는 흐름

그 낯선 표현의

범위를

정확하게 보기 위해

늦춘다.

초현실주의 쇼핑 목록

격자무늬로 쓰여진 자서전

왁자지껄한 웃음소리

너무 시끄러운 삼엽충들도 들으려고 멈추는

밤에 빛나는 다리 믹스(두 벌)

누더기가 된 몸으로 무대에 올려진 게릴라 극장

파리들이 든 환각성 커틀릿

눈꺼풀을 늘리는

황홀한 해바라기들의 반전

불타는 덤불

3파운드 스톤헨지

여기

우리는 우리의 영웅을
괴물 같고도 기적적인,

어떤 우주든 탄생시킬 수 있는
너무나 공허하고 투박한 세계

그의 정신으로 그려진 그 세계를
뿌리 뽑으려 십 년의 세월을 앗아갈

영광과 욕망의 푸른 꿈
한가운데서 찾는다.

그 후 매년 여름
침울은 부재하는 어린 시절처럼
점강漸降적이었고,
호숫가 마을에서 잃어 버린

눈물의 짧은 잔여물,
편자 구름을 형성하는

과거의 가능성들,

그의 마지막 수단을 암시하니,

지배인maitre d'을 기다리는

그가 자신의 진홍색 스탬프를

찍게 될

내일의 역사를

새긴 가죽 폴더 속

흠 없는 수표,

그의 절대 흉내낼 수 없고

종종 완전히 생소한 손길로,

아무런 악의 없이 휘갈겨 쓴

간결하고도 비틀린 메시지.

별들의 음악

별들의 음악은
끊이지 않는 교통 체증의 웅웅거리는 소리,
밤낮으로 계속되는

사이렌들의 울부짖는 소리,
군중의 외침과
언론의 소란,

도시의 소리에 잠겨
너무 희미하다.
별들의 음악은

해안을 갉아먹는
물결의 리듬에 맞춰
나무들을 때리는

바람의 음색,
쏟아지는 빗속에 사라져
너무도 희미하다.

별들의 음악은

아주 희미하지만, 아직 거기에는

듣기에 충분할 정도로

간절히 귀 기울이는 이의

확고한 생각과 마음 남아 있으니,

어떤 류의 음악이라고

정의하기란 불가능하지만,

그럼에도 확신한

당신들은 분명 춤추게 되리.

감사의 말

이 선집을 편집할 때 조언을 준 마지 사이먼과 페이스북 친구들에게 감사를 표한다. 그들의 "좋아요"와 논평은 아티팩트에 어떤 시를 포함할지 결정하는 데 도움을 주었다.

수상 목록

아시모프 독자상
1989 늙은 로봇은 최악
1993 변신인간 아내의 저주
1997 SF작가 아내의 저주
2005 악천후
2007 상대적 전성기의 차원 이동

라이즐링 어워드 사변 시 부문(SFPA)
1985 혜성의 머리카락에 얽힌 우주인을 위하여
1987 악몽 수집가
1994 우주인의 나침반
1995 현재적 미래: 예상 수업
2001 나의 아내는 자신이 원할 때 돌아온다

발티콘 시문학 어워드
2005 당신의 로봇 개가 말을 듣지 않는 이유
2010 상상력의 진실성
2013 별들의 노래

부메랑 어워드
1988 밤의 검은 쇄도에 맞서

SFPA 시 콘테스트
2014 초현실주의 쇼핑 목록

옮긴이의 말

SF시에 처음 관심을 갖게 된 것은 논문의 연구 주제에 관한 우연한 대화에서부터였다. 대화 중에 나온 SF시라는 신선한 명칭이 주는 힘에 끌려 관련 자료를 바로 찾아봤다. 그러나 국내에는 시의 세계에 SF적 감성과 소재들이 부분적으로 쓰인 경우들은 있어도 시집 전체가 SF시라는 확고한 방향성을 갖고 나온 책은 거의 없었고, 외국 저자가 발표한 권위본의 번역 또한 부재한 상황이었다.

그러나 미국에서는 SF시를 쓰며 활동하는 작가들이 있었고, 그 역사는 펄프 잡지에 SF 장르에 속한 시들이 투고되기 시작한 1930년대까지 거슬러 올라간다. SF 작가들과 시문학 사이의 친숙한 관계들도 어렵지 않게 찾을 수 있다. 로저 젤라즈니는 시인으로서 문학 경력을 시작한 것으로 알려져 있고 어슐러 K. 르 귄은 소설가로서 뿐만 아니라 시인으로서의 작품들 또한 갖고 있다. 심지어 미국에는 SF시만을 다루는 SF시문학상도 존재한다. SF시협회Science Fiction Poetry Association(SFPA)는 1978년부터 매년 라이즐링 어워드Rhysling Award를 열어 50행 이하의 단시와 50행 이상의 장시들을 구분하여 상을 수여하고 있다. 이미 미국에서는 벌써 40여 년 전부터 SF시문학의 지류가 형성되어 지금까지 표표히 흐르고 있는 셈이다. 그리고 본서를 통해 국내에 처음 소개되는 브루스 보스턴은 시집으로 네 번의 브램스토커상을 수상하고 라이즐링 어워드에서 장시와 단시 부문을 다수수상한, 미국 SF시문학계에서 최고의 작가 중 한 명으로 꼽히는인물이다.

브루스 보스턴은 1943년에 가톨릭과 유대교 집안의 결합을 통해 시카고에서 태어나 남부 캘리포니아에서 자랐다. 1961년부터 2001년까지 오랜 시간을 샌프란시스코 베이 지역에서 살며캘리포니아대학교 버클리 캠퍼스를 졸업한 그는 로큰롤과 냉전, 우주 개발이 휩쓴 시대의 풍부한 문화적 자양분을 갖게 되었다. 컴퓨터 프로그래머, 문학 및 창작과 교수, 테크니컬 라이터, 도서 디자이너, 정원사, 영화 영사기사, 짐꾼 등 다양한 직업으로 일하며 꾸준히 SF문학 작가로 활동한 그는 1969년 첫 시집『XXO』를 출간한 이후 50여 권 이상의 책들을 냈다. 그의 작품군에는 디스토피아풍 소설인 『가드너 이야기』를 포함한 다수의 소설 작품들도 있지만 비평적으로 가장 인정받는 분야는 역시 시다. 그의 시들은 『아날로그』, 『아시모프 SF 매거진』, 『어메이징 스토리』 등 수백 편의 출판물에 수록됐으며 브램스토커상, 아시모프독자상, 라이즐링상, SFPA 그랜드마스터상 등을 수상했다. 또한 네뷸러상, 브램스토커상, 필립K.딕상 심사위원 및SFPA 비서 겸 재무관을 역임한 그는 현재 아내이자 작가인 마지 사이먼Marge Simon과 함께 플로리다주 오칼라에 살고 있다.

『나의 세 번째 눈과의 짧은 조우』는 브루스 보스턴이 1975년부터 2016년까지 쓴 시들 중 50행 이하의 단시들을 모은 선집이다. 40여 년에 걸친 기간 동안 작품들이 담긴 이 시집에서 연금술, 초현실주의, 스페이스 오페라, 뉴 웨이브, 누아르, 아포칼립스와 디스토피아, B급 문화에 대한 향수, 심지어 현실 정치에 대한 비판(그가 젊은 날 핵전쟁 경고를 질리게 들어야 했던 세대였음을 기억할 필요가 있다)까지 이르는 다양한 SF적 이슈들의 궤적을 발견할 수 있다. 때로는 정통 SF문학적 아우라를, 때로는 시문학 전통에 기반한 진지한 문학적 접근을, 때로는 유머러스함을, 때로는 생활사와 SF적 상상력을 자유자재로 결합하는 그의 시들이 다루는 구조적 범주 또한 무척 넓다는 점은 독자에게 직관적으로 다가오는 부분이다. 또한 50행 이하라는 기준에 맞춰 쓰여진 각각의 시들은 압축적인 시어들을 통해 하나하나가 각각의 세계관을 이루고 있으며 그를 읽는 집약적인 독서 경험이야말로 이 책이 주는 SF적 체험의 강점이다.

저자와 이메일로 대화하던 중, 그가 필자에게 말한 내용들에서 인상적인 게 있었다. 바로 자신을 과학문학 작가가 아닌 사변문학Speculative Fiction 작가로 봐달라는 요청이었다. 우리가 흔히 SF라고 할 때는 자동적으로 Science Fiction의 개념으로 접근하긴 하지만, 최근 사실상 많은 국내외의 장르 문학 작가들은 과학에 기반한 문학만을 집필하는 게 아니라 그보다 훨씬 자유롭게 문학의 경계들을 넘나들고 있는 게 현실이다. 앞서 말했듯 이 책에 실린 시들만 봐도 전통적인 과학적 소재들로 쓰여진 시들뿐만 아니라 다양한 문학적, 소재적 영역을 자유롭게 넘나들며 만들어진 시들도 공존하고 있다. 이러한 시들을 '과학'이라는 틀 안에 가둬서 설명하기란 불가능한 것. 따라서 브루스 보스턴이 사변문학의 미래에 대해 확신하고 자신을 그 자리에 위치시킨 것은 그의 작품 세계에 대한 이해, 나아가 장르 문학 작가들의 자유를 확보하기 위한 전제로서 기능한다. 이런 현실적 측면에서 사변문학으로서의 SF에 대한 논의도 국내에서 진행될 수 있으면 하는 작은 바람이다.

이 책을 만들면서 SF 작가들이 만든 영감 어린 결과들과 국내 번역자들의 번역 작업, 과학 서적들, 그리고 계속 방대하게 불어나고 있는 인터넷 DB에 큰 도움을 받았다. 코로나 19가 만든 아포칼립스적 상황에서 태평양을 오가는 이메일 덕분에 만들어진 책이라는 점에서는 새삼 제작 과정 자체가 무척이나 SF적이라는 생각도 든다. 1년여 동안 이뤄진 작업 시간 동안 여러 가지

소리와 음악 들로 노동의 고통을 덜어준 텍선 라디오에도 감사한다. 무엇보다도 이 책의 한국어판 라이센스를 허락한 브루스 보스턴에게 감사한다. 이 책의 모든 실수는 옮긴이의 잘못이며, 더 나은 미학적 대안을 위한 질책을 겸허히 기다리고자 한다.

이 도서의 국립중앙도서관 출판예정도서목록(CIP)은 서지정보유통지원시스템
홈페이지(http://seoji.nl.go.kr)와 국가자료공동목록시스템(http://www.nl.go.kr/
kolisnet)에서 이용하실 수 있습니다.(CIP제어번호: CIP2020053853)

나의 세 번째 눈과의 짧은 조우

초판 1쇄 발행 | 2021년 1월 5일

지은이 | 브루스 보스턴
옮긴이 | 유정훈
펴낸이·책임편집 | 유정훈
표지 사진 | 케빈 코너스
디자인 | 김이박
인쇄·제본 | 두성P&L

펴낸곳 | 필요한책
전자우편 | feelbook0@gmail.com
트위터 | twitter.com/feelbook0
페이스북 | facebook.com/feelbook0
블로그 | blog.naver.com/feelbook0
포스트 | post.naver.com/feelbook0
팩스 | 0303-3445-7545

ISBN | 979-11-90406-03-1 03840